馍
创美工厂

狗样的假期

# 狗样的假期

孟瑶 —— 著

中国友谊出版公司

# 图书在版编目（CIP）数据

狗样的假期 / 孟瑶著. -- 北京：中国友谊出版公司，2017.9（2018.3重印）
 ISBN 978-7-5057-4200-0

Ⅰ. ①狗… Ⅱ. ①孟… Ⅲ. ①长篇小说-中国-当代 Ⅳ. ①I247.5

中国版本图书馆CIP数据核字(2017)第223872号

| | |
|---|---|
| 书名 | 狗样的假期 |
| 著者 | 孟 瑶 |
| 出版 | 中国友谊出版公司 |
| 发行 | 中国友谊出版公司 |
| 经销 | 新华书店 |
| 印刷 | 北京文昌阁彩色印刷有限责任公司 |
| 规格 | 787×1092毫米 32开 |
| | 6印张 110千字 |
| 版次 | 2017年12月第1版 |
| 印次 | 2018年3月第2次印刷 |
| 书号 | ISBN 978-7-5057-4200-0 |
| 定价 | 39.80元 |
| 地址 | 北京市朝阳区西坝河南里17号楼 |
| 邮编 | 100028 |
| 电话 | (010) 64668676 |

版权所有，翻版必究
如发现印装质量问题，可联系调换

电话 (010) 59799930-614

故事有不少，好故事却不多。事情总是这样，人类也是这样，七十多亿人靠谱的其实并不多，不然就不会战火不断。

这个狗故事是个好故事，读过之后，我甚至有扮演狗的冲动。若再有葛优、廖凡、彭于晏这等能人一起冲动一回，那就更靠谱了。

原创是个了不起的能力，这个故事的作者就有这个能力。她长期与狗共同生活，这个狗故事也是人故事。

好东西从来不是一挥而就的，必须锤炼。几年下来，数易其稿，我亲眼得见。佩服！

（著名导演、演员）

# 马谷子

我挺想给自己放个假的。

每天超负荷工作，睡眠不足，脾气暴躁。我不是霸道总裁，我是暴躁总裁。

我需要休息，也很想休息，但是我不敢。工作使人进步，休息使人落后。

可是，我忘了有句话叫，念念不忘，必有回响。七天的假期突然而至，想不休都不行，因为我变成了一条狗。

没错，就是狗。

我，一个公司老板，准精英，变成了一只逗逼哈士奇。

我小时候喜欢画画。第一幅作品发表在家里的布艺沙发罩上，单人，白色的。我是从家里的相册中看到的，爱好摄影的老爸给我和沙发拍了张合影留念。从照片上根本看不出到底画的是什么，但笔力遒劲，画风狂放。照片上的我应该是正在被我妈骂，低垂着脑袋，如果我是小狗，尾巴一定是耷拉着的。那年我两岁。

我妈本来是个出纳，但因为长得好看遭妒忌，被调去给高层居民住宅楼开电梯。老妈在四五平方米的密闭电梯空间里一待就是一天，也许是被压抑坏了，越来越焦虑，越来越关心我的未来。有一次她下班回家，已经很晚了，鞋都没换就把我从被窝里拎出来，按到墙角，要我站好，逼问我长大了要干什么。那时我上小学五年级，还没来得及想长大后的事儿，可是老妈的举动让我知道，没想是犯罪，是不可饶恕的。我吓坏了，立即回答说想当漫画家，想出大名，挣大钱。老妈看我这么有理想有追求，宽慰地松了口气，允许我重新睡觉。

我不知道你们的梦想是怎么来的，反正我的就这么被肯定并固定了。自己挖的坑，被老妈用充满期待又悲情的眼神逼着，怎么能不跳？从这天开始，我所有的课外时间都被预支给了未来。未来遥远又虚幻，似乎怎么填都填不满。我没时间欣赏路两边的风景，一心只想快点儿成功。我也肉眼可见地焦虑起来了。

老爸在一家房地产公司食堂做厨师，身高体胖，标准厨师范儿。老爸喜欢养花，把业余时间都投到了这个爱好中，但凡能搞到的花我家阳台都有。老妈觉得老爸的爱好不能当饭吃，纯属浪费时间浪费钱，但老爸觉得养花也是艺术，俩人经常为此发生争执。

我全部的艺术天分都遗传自老爸，天分再加上多年的努力，还是跟一类二类艺术院校不匹配，只勉强考上了个三类院校的动漫专业。大学四年，当作业一次次被否定，排名一次次创新低，应聘一次次被拒绝的时候，我终于搞明白了一件事，不管我再努力多少年，都没有办法靠才华出人头地，获得成功。

拖着行李告别校园回了家，正躲在被窝里为前途发愁，被老爸叫到客厅，老妈要跟我开会。

我来到客厅，老爸老妈正襟危坐在沙发里。我又看见了老妈那双充满期待和悲情的眼神，多么熟悉啊。后脖梗子开始发硬，半夜被拎出被窝说人生理想的那一幕浮现在眼前，那可不是什么愉快的回忆。

果然，老妈又开始问我今后的打算了。我把盘桓在心里很久的想法说了出来。当不了艺术家，但是我可以当艺术家的老板，签几个有才华的同学，做个动漫网站，拉拉广告，融融资，上上市。我越说越大，眼看着收不住了，我就说可惜我没钱。

具体哪年忘了，居民楼不再用专人开电梯了，老妈下岗后，开了家网店卖衣服，许是压抑多年的能力得以释放，还真挣了点儿钱。老妈没把钱存银行，而是很有远见地付了房子的首付。几年过去了，房子已经升值了百分之两百，值一百万了。老妈拿出房产证递给我，让我拿去卖掉，拿钱去创业。老妈说只要我求上进，她就永远支持我。我直接就哭了。

七年过去了，我的动漫网从最初的四个人发展到四十个人，会员相对稳定，但是网站的各项综合指数在业内也就是个中下游，距离我的远大理想还差得很远。革命尚未成功，同志仍须努力。

现在我坐在车的后座上赶赴机场，接过助理卷毛递过来的iPad，再次确认着今天的日程。

1. 9点，赵火炬。融资。机场。
2. 12点，内容会。公司会议室。
3. 14点，营销会。公司会议室。

4. 15点，财务会。公司会议室。

5. 17点，广告客户。

6. 20点，广告客户。

7. 老爸60岁生日。

老爸老妈很少给自己过生日，但是我的生日一次不落。上个星期我在电话里跟二老说，我会赶回去给老爸过六十岁大寿。老爸虽然嘴上说又不是周末，别专为这个赶回来，不值当的，让我千万不要耽误工作。但我听得出，他是开心的。

老爸因为三高严重超标，提前退休了，据说这是很多食堂大厨的职业病。老妈卖的服装因为不太跟得上潮流，一天没一单生意，也关了。俩人都赋闲在家，老爸继续自己的养花爱好，并从朋友那要了只自家狗下的小狗给老妈养，起名叫旺财。

不巧的是，老爸的生日又跟工作发生了冲突。对不起了老爸，再等我一下，等我把公司做到行业第一，成为龙头老大，我就可以喘口气了，到时候我一定多花些时间陪您和老妈。我用手指触摸显示屏，划掉了第7条，心隐隐地痛了一下。

"砰！"

轮胎爆破，车身摇摆起来，卷毛赶紧握紧方向盘，踩下刹车。后面飞驰而来的面包车巧妙地避让才没酿成事故。谢天谢地，我上辈子一定拯救过面包车司机，他才来拯救我。祝他财运亨通，家庭幸福。

"给我老爸的礼物准备好了吗？"
"妥妥的，马总。"
"下午送过去吧。"
"您真不去了？"
我叹口气没说话。
"我去。估计又能带回一大堆好吃的给您，当然还有我。"

我和卷毛说着话把车推到安全岛，卷毛从后备厢取出千斤顶和工具箱，在爆裂的右后轮胎边蹲下。看看表，幸亏出发得早，抓紧点时间，还来得及。可是卷毛却蹲在地上看起了手机。

"赶紧的，啥时候了还玩手机？"
"我查查这玩意儿咋用。"
卷毛无辜地抬头看着我。我没工夫等他也没工夫教他，伸手把他拽起来，弯腰将千斤顶放到合适的位置上，站起来踩下去。汽车被小小的千斤顶慢慢顶起，轮胎离地。

高度合适了，我从工具箱取出改锥和扳子开始卸轮胎。

"马总，备胎也是坏的。"

"靠！"

我赶紧凑过去看，备胎上的破损清晰可见。说起来，这还是跟前任女朋友分手的那天坏的。半年过去了，忘干净了。

我把卷毛留下来等救援，站在路边拦车，继续赶赴机场。

一辆辆小轿车紧闭着车窗，沉着脸，面无表情地从我面前飞驰而过，只有一辆卡车停了下来。卡车上装满了绿油油的大西瓜，驾驶室的收音机播放着相声，司机一边大口吃着西瓜一边冲我招招手，我拉开副驾驶的门，上了这辆有声有色有味的卡车。

卡车司机是个结实的壮汉，三十岁左右，穿着白色的跨栏背心，西瓜汁滴答到衣服上也不在乎，听着相声，哈哈大笑着。

我坐在副驾驶座位上，从手包里掏出纸巾，擦着被轮胎弄脏的手。司机看了我一眼，会错了意，把吃完的西瓜皮顺着窗户扔出去，伸手从右手边的搁物架上拿起块西瓜递给我。

"刚摘的，特甜。"

"不了，谢谢。"

司机也不坚持，自己吃了起来。

我要去见的是火炬资本的创始人赵火炬。火炬资本是国内最大的VC之一，拥有近一百亿的基金，成立二十年来，共投资了超过八十家公司。如果能得到火炬资本的投资，我将如虎添翼，势不可挡地去力争上市。虽然上不上市对公司的漫画师来说并没有什么不同，但却能满足我个人的追求和野心。

收音机里的相声播完了，开始播广告，听到"不孕不育医院"几个字，我条件反射地伸手去换台。司机憨厚地朝我笑笑。

"这种广告净是骗人的。"

"对。"

"怀孩子还要上医院找他们，姥姥！"

"姥姥。"

"我们村支书的闺女听说就上那医院看去了，给做了好几千块钱的检查,什么超什么T的,说问题老大了,你自己想吧,我也说不清是啥问题。拿药拿了好几万的。结果你猜咋着?"

"咋着?"我负责任地捧哏。

"刚吃了两天就恶心了。怀上了!"

"药起作用了?"干一行爱一行,我们都是捧哏的人。

"姥姥!到县医院一查,怀仨月了。你说缺德不缺德!你就说缺德不缺德!"

"缺德!"

"支书不干了,带着我们几个找那医院了,我拿的是铁棍,这么粗的。老闷他们拿的都比我的还粗还长。医生那小兔崽子见过啥啊,我估计女人都没上过,吓坏了,承认说检查的时候机器没开,检查单子是随便填的。说是医院要求。要不是警察在,靠!"

"靠!"

"你也上过当?"

"我……"

"别怕,我叫几个人咱们找他们去。"

"不用了,在外地,南方,很远,也过去很多年了。"

他终于不再说了。他想错了,我也没法解释清楚我在

9

想什么，就这样吧。

　　终于到了机场停机坪门口，我挥手道谢送走了卡车，走到门卫跟前，报上我的名字。门卫看看正在掉头的卡车，看看我，埋头查看着访客预约登记簿。

　　"马谷子，马谷子，马谷子……对不起，没有你们的名字。"

　　"不可能啊，昨天才说好的，让我九点来，这还差五分钟呢！"

　　透过门卫室的窗口，我看了看门卫室墙上的闹钟，8：55。

　　"你看，你的表也是。麻烦你再找找。"

　　门卫的眼神离开登记簿，去看电脑。

　　"赵火炬，我是跟赵火炬预约的。"

　　"他的秘书说让我九点来的。"

　　"你一定是搞错了。"我一句接一句，有些絮叨。

　　"然而，飞机已经起飞了。"

　　我被门卫的话惊到。

　　"怎么可能？"

　　"怎么不可能？"

　　我还想说什么，一架飞机轰隆隆滑过我的头顶，飞走了。我视力很好，可以隐约看见机身上印着火炬图案。

飞机航线难道不需要提前安排确定吗？怎么可以跟开车上路似的，想飞就飞？是有钱人太任性，还是赵火炬的秘书压根就在忽悠我？我知道后一种的可能性大，虽然我不愿意承认。我能怎么办，骂娘？我就算扯破嗓子骂，声音最多也就传个两百米远，他那么高，还包在航空铝合金里，我能伤人家个毛啊！

卷毛等到救援后，换好轮胎，到机场来救我。

"他秘书回我了，他们已经到上海了。说怪他，没跟赵协调好时间。"

"所以呢？"

"他说以后有机会再联系。"

"真棒！"

"有俩臭钱就来劲，我打心眼里瞧不起他们。马总，咱就当是来机场兜了个风，空气清新鸟语花香，顺便爆了个胎，多好。别生气了。"

"我没生气！我他妈哪儿有资格跟他生气！"

我没有资格生别人的气，我生的是自己的气。所谓人微言轻，要想让人听你说话，光靠拍拍他的肩膀是不行的，你得努力到跟人家平起平坐，或者有被利用价值，人家才会重视你。努力，努力，努力！我好像从记事就开始在努力！他妈的什么时候是个头啊！

我越想越生气，和卷毛一前一后走进办公室，突然发现一条小狗从我面前跑过。

我的网站办公室在四环五环之间的一座写字楼的二十层。租金按照市面上的报价来算，相当不便宜。老爸曾经给写字楼的产权单位食堂做过厨师，那些吃过老爸做的饭的领导很痛快地卖了老爸两个面子，不仅给我打了个很大的折扣，还给了一个非常好的位置。管住男人的心首先要管住男人的胃，这话有道理。

我们办公室一点儿都不整齐，干净，但是不整齐。尤其是大办公空间，东西很多，墙上桌上地上，到处都是漫画手稿，一堆堆老高。年轻的漫画师们或坐或卧在自己的别人的座位上，打扮随意，做派任性。一般公司里的那些条条框框的规定，在我这里都不存在。但这并不证明我这里没有规矩，也不证明我是个好脾气的人。因为常年工作压力大，睡眠不足，我的脾气特别急，我不是霸道总裁，我是暴躁总裁。而且，没空爱上你。

"哪儿来的狗？"我站住大声喊着。

办公室的人们纷纷回头朝我这边看看。

小狗转身跑了，卷毛跑过去追。

"我的！我的！"

员工花花从自己的座位上站起来，叫喊着跑过来。

看到花花，我火更大了。花花是办公室秘书，负责一切后勤杂事，接电话，订饭，冲茶，收发快递。重点不是她的工作，而是她刚来一个月不到，还在试用期，竟然就敢带狗狗上班，她的眼里还有没有我这个老总了？如果大家都像她一样，公司怎么可能做大做强！怎么可能被人瞧得起！

卷毛追上了小狗抱起来，递给花花。

"谢谢……对不起……"花花接过小狗，道着歉。

"站住！"

花花要回座位，被我喝止住了，这事怎么能这样就完了呢？

"这里是公司，不是动物园！谁允许你带狗上班的？"

"对不起，马总。月饼吹空调着凉了，不吃不喝的，我不放心她自己在家，而且……"

小狗应该是受了惊吓，一个劲儿地往花花怀里钻。我看着，也有些心软。

我并不讨厌狗，要说多喜欢也没有。回爸妈家时，我偶尔也会让卷毛给旺财买些好吃的带过去。旺财特别粘人，但是从来不找我抱，总是跟我保持着适度的距离。老妈说狗狗很敏感，谁喜欢它谁不喜欢它，不用说，它从人身上散发出的气味里就能知道。我没考证，就算是真的吧。

"我花钱雇你，是让你照顾大家，不是照顾狗的。"

"我没耽误照顾大家。而且公司规则里也没规定不许带宠物上班……"

其实，她只要继续道歉，并保证下不为例啥的，这事儿也就过去了。但是她还挺拧，跟我叫起真儿来。

"现在有了。要么她走你留下，要么——"

"不可能。"

我愣了几秒，这个回答未免太干脆了。那眼神儿，刚才还是慌乱的，散点的，现在却非常坚定地直视着我。我没想到在自己的办公室里还能碰上这么大个软钉子，真有点儿下不来台。对不起，我的地盘我做主，你让我下不来台，我只好让你下台了。

"我接受你的辞呈。"

说完，我大步走向自己的办公室。

她一定在背后瞪着我，眼神里充满愤怒、仇恨、委屈，随便什么吧。反正以后也不会再见了。随便瞪，免费。你带你的家人上班，我也带我的家人上班，还上班吗？我满腔的负能量已经上了膛，她还非要往枪口上撞，不算误伤。

而且，她确实错在先。冷静下来后，我这么跟自己解释。

## 花花


真是太气人了,一个一米八的大男人冲一只六斤不到的小狗狗大喊小叫,你吓得了月饼吓不倒我!让我在工作和月饼之间二选一?呸!月饼是我的家人,唯一的家人,永远都是第一,不选。带月饼上班确实不妥,但我也是没办法的办法。月饼不舒服需要看病,而正规的宠物医院五点半就下班了。我五点下班,赶回家最快都得六点半了,哪儿来得及?公司离一家叫贝贝乐的宠物医院四公里,下了班打个车过去,五分钟就到。本来是个两全其美的安排,结果成了现在这样。你有替别人想过吗?我不是不珍惜这份工作,我非常珍惜,我需要钱,需要自己养活自己,我真的没有影响工作。不爱狗的老板不是好老板,这样公司不待也罢。

月饼坐在共享单车的前筐里,我骑着单车,在去宠物医院的路上，心里一遍遍地怼着万恶的马谷子。

我是在网上搜到贝贝乐医院的，评分特别高，但收费不高，价格公道，是家特别有爱心的宠物医院。

抱着月饼走进医院大厅，我一下子就被这里的气氛给吸引住。大厅好大，比我们县里人民医院的大厅还大，还敞亮，还高级。我四下看着，眼睛都快不够使了。有各个品种的猫猫狗狗就不用说了，竟然还看到浑身打着绷带的猫头鹰，躺在病床上被护士推着走的大白马，鬼头鬼脑的仓鼠，哦，还有一只特别大个的乌龟，被主人顶在头上。

扬声器里不时传来一个女人温柔的广播声。

"请三十四号拿破仑到二号诊室就诊。"

"请三十五号至尊宝到三号诊室就诊。"

这里人和动物数量均衡，和平共处，走来走去，呈现一种微妙的科幻感，哦，不，是魔幻感，也不准确，是梦幻感？反正谁来谁知道。还没开始看病，我就已经对这里产生了无可置疑的信任感。

挂号处有人在排队，我抱着月饼走过去，站在队尾，正好看到对面墙上挂着的一个大屏幕电视，电视里正在滚动播放着宣传片。

"贝贝乐宠物医院的院长,动物行为学博士李响二十年来不遗余力地倡导动物保护,不仅坚持每周出诊,而且以一己之力创建了犬类基因数据库……"

队伍往前挪动了一步,站在我前面的男人突然嗓音提高了八度,吸引了我的注意力,探头去看。男人手里拿着个非常精美的小玻璃瓶,也许是水晶的,在跟负责挂号的护士争执着。

"摇头什么意思?不给看?!"

"不好意思,我们从来没有收治过蟑螂。"

"没收治过还有理了?你们这分明是在搞宠物歧视!娜娜是我的宠物,你们是宠物医院,她病了,你们就得给她看病!"

"可是……"

我挺怕蟑螂的,还好这只被装在了瓶子里,好担心他一激动打开瓶盖把蟑螂放出来。我正犹豫着要不要先走开,等会儿再来挂号,一个穿着白大褂的男人走了过来。

"我来看看。"

"李院长……"

我看了眼墙上的大屏幕,电视里,李响博士正对着镜头说着话。"大家好,我是李响。我在这里,诚恳地希望能得到各位家长的配合。"

原来他就是贝贝乐的院长李响啊,真人比电视上看着更帅,一副值得信赖的样子。

李响走到那男人身边,拽出脖子上挂的听诊器,在瓶子的玻璃外壁上听着,十分认真。

"总算来了个懂事儿的。娜娜最近很烦躁,我都快担心死了。你给我好好看看!"

李响摘下听诊器。

"放心,宝贝没什么大问题。"

"不可能!她烦躁得很,一夜一夜的不睡!怎么可能没问题!钱,肯定是因为钱!我知道娜娜的病不好治,但是我把话放这儿,我以我的名誉担保,只要能治好她,多少钱我都愿意!"

看李响犹豫着,男人有些慌了。

"有话直说吧,娜娜是不是快不行了?"

"你要听我的,她就不会有问题。"

"听!我听!"

"她的问题说大也大,说小也小,主要问题出在遗传基因上。她们就怕光,这是基因里带的,没法治。"

"啊！那怎么办？"

"花五块钱买块黑布，把她遮起来，黑丝绒的最好，一丝光都不让她看见，病就会好的。"

"那我看不见她我难受怎么办？"

"是个好问题。但我还是认为宝贝的身体健康最重要，你说呢？"

男人没再说什么，把玻璃瓶揣进怀里，转身大步走了。看着男人远去的背影，我终于可以笑出声了。回头看，李响已经走了，我走到护士台跟前。

"你好，有什么可以帮你的吗？"

"你好，你们这儿还招护士吗？"

"有护士证吗？"

"没有——挂个内科。"

# 马谷子

已经是夜里两点多了,我还在看稿子。这是一个讲述宠物狗幸福生活的故事,画稿上,一只狗狗躺在阳台上,晒着太阳,打着哈欠。真他妈的舒服。

我放下吃了一半的泡面,揉揉眼睛,拿起手边的眼药水点上。眼睛被眼药水刺激得流出眼泪来。稿子就看到这里吧,临睡前我还有九十九个微信没读,一百二十七封邮件没回。想想都觉得充实。

卷毛替我给老爸去送的生日礼物,老爸说我买的衣服很好看,就是太贵了,让我以后千万不要再买这么贵的了,说没场合穿,都糟践了。我知道他会这么说。他说他的,我买我的。没时间陪他们,再不买点贵的东西,我这心里的愧疚感该怎么处理?

照片拍了不少,用微信发给我了,主要是老爸拍老妈和旺财的，老妈给老爸拍的少，虽然他才是今晚的主角。照片上的老爸老妈笑着，但是镜头大都虚了，看着心里挺不是滋味的。他们真的老了，眼睛都花了。老爸老妈一定要老得慢点儿，等等我。

我的办公室里面套着个小房间，二十平米左右，有床有窗有衣柜有电视有卫生间，布置得很简单，跟酒店的标准间几乎一样。把房子卖了后，我一直住在这里。别人上班路上需要花个把小时，遇到大堵车更是不可预计，而我，从家到公司只用十秒钟。好处是可以让我每天都比别人多工作一些时间，坏处是几乎没有了私生活。不过也没遇到几个值得我去过私生活的女人，遇到再说吧，工作最重要。

我拿起遥控器打开电视，开始脱衣服。开电视其实不是为了要特别看什么节目，是为了让房间里有点儿人说话的声音，换个脑子，放松一下紧绷了一天的神经，间接助眠。

电视屏幕右上角有"直播"字样，主持人对着摄像机在主持节目。背景是山顶，平坦处支着一台天文望远镜，一群人或坐或站，正在仰望天空，有的举着手机准备拍摄。主持人开始说话："大家好，现在我在香山观测点为大家做现场报道。2：38——也就是两分钟之后，摩羯座流星雨将经过本市上空，没许愿的赶紧，还有两分钟，流星可是过时不候哦……"

许愿，说得真他妈的动听，不就是鼓励不劳而获吗？别客气，冲我来！老妈老说，不是自己努力得来的一切，会不牢靠。老妈说的没错，但是物价涨得这么快，努力的速度赶不上物价的速度，靠努力得到的一切也一样显得十分不牢靠。尤其讽刺的是，七年过去了，当年卖掉的老妈的房子，到现在已经值一千万了，而我这些年创业挣到的钱还不到这个数。我倒想歇会儿呢，行吗？不行啊！到底挣多少钱才能不用为明天焦虑，我也不知道。

我拿起桌子上的安眠药药瓶，倒出颗药扔嘴里，一仰头，干咽下去。许是压力大吧，失眠好几年了，不吃药我能睁眼到天亮。此时此刻，我更羡慕的是小狗的生活，每天傻吃糊涂睡，一点儿不累，没有压力，还有人照顾，真想变成狗啊……

电视里的人们兴奋地喊叫了起来：来了！来了！太美了！

我走到窗前，抬头望向夜空。一阵流星雨划过天空，璀璨，美丽。

刚睡着没多久，突然传来"当当当"的敲门声，谁这么没眼力见儿，不知道我睡眠不好吗？安眠药刚开始起作用，想醒过来太困难了。我继续睡，但是敲门声也在继续。拧开床头柜的灯，看看闹钟，才三点。看来是加班的人有急事，我挣扎着下了床，走向门口。

"当当当"的声音再一次传来，这回声音竟然来自身后的窗户，我站住，药劲儿醒了一半。我这可是二十层，怎么可能有人敲窗户。我伸手按下墙上的顶灯的开关，小心地走到窗户边，猛地拉开窗帘。

窗外，半空中飘着一个好像石头雕刻出来的人，我吓坏了。

"马！谷！子！你可醒了！"

"我靠，你什么玩意儿？"

"我陨石啊！"

"谁？"

"陨石啊！你不是跟流星许愿了吗？流星你知道吧，我是它的尸体。"

"我没许愿，也不想跟尸体聊天。你走吧，我胆小。"

这玩意儿上下左右都没有支撑，就这么凭空站在半空中，我一定是在做梦。它的颜值很成问题，继续做下去，容易成噩梦。我决定换个梦做做，于是拉上窗帘。

那玩意儿继续在外面说话。

"我更羡慕的是小狗的生活，每天傻吃糊涂睡，一点儿不累，没有压力，还有人照顾，真想变成狗啊……"

什么情况？我又拉开了窗帘。

"是不是你说的，你就说是不是你说的！"

"我没说，我心里想的。心里想的你也知道，你到底是谁？"

"我真的是陨石啊。来，到我怀里来。"

"你大爷的！"

"你大爷的！思想太肮脏。你到我怀里来就可以触摸到——"

"滚！"

"触摸到我的灵魂！"

那玩意儿说着，突然崂山道士一样穿窗而过，直扑向我。这可把我吓着，转头就跑，慢了，还是被抱住了……

被一个性别偏男，成人身娃娃音的，知道你的内心的想法，还骄傲地自称自己是尸体的玩意儿抱住，我想不出还有什么能比这个更诡异更无法容忍。我刚想大叫，还没叫出来就被眼前的景象勾走了魂魄。

我漂浮在一片幽深的黑暗中，周围的一切那么黑暗，又那么清晰，一颗颗星球或远或近，悠闲地滑行，边缘勾勒出水蓝色的光，强烈又柔和。这是哪儿？难道，我进入到了传说中的外太空？

我正被眼前的美景惊得几乎窒息，却"哐当"跌坐回到办公室地上。那玩意儿也不客气，在我对面盘腿坐下来，举起手在我眼前晃了晃，我才回过神儿来。

"有没有爱上我啊？"

我认真地看了看近在眼前的那玩意儿，摇摇头。

"你的长相太降温了。找我干吗？"

"我是来恭喜你的，你的愿望被选中实现了，一觉醒来就会变成狗啦。"

"什么？！我就是在心里感慨了下，又不真想变成狗。你不会连感慨和许愿都分不清吧？"

"我没那么细腻，还真分不清，没事儿瞎感慨啥？反正程序已经启动，变不变已经不由你说了算了。"

"我去！这不公平！"

"三年一次，总共两千一百二十三万九千五百八十四个愿望，只有十个被选中实现，你还说不公平？！"

那玩意儿说得如此诚恳，我一下子被噎住了，竟然无话可说。

"不过呢，我们有规则，想要反悔的，第七天夜里十二点整，大喊三声：我是傻瓜！音量低了还不行，你得这么喊（示范着）'我是傻瓜——'你试试……"

"你丫耍我呢吧？不试。"

"随你了。你喊完我的法力就会恢复，'嗖'就能给你变回来。"

"不！那也不变！"

我刚说完，那玩意儿突然哽咽起来。

"马！谷！子！你怎么可以这样对我！你刚才看到了，我的家乡是有多美。我本是宇宙间一颗快乐的流星，每天无忧无虑地飞行，为了帮你实现愿望，我燃尽自己，坠落到人间，变成现在这个奶奶样。没想到你还不领情，我的命怎么这么苦啊——"

这一刻，我觉得这玩意儿性别偏女。

"别，别哭！大晚上的，还有人加班呢，听见了不好。

那什么，你要真想帮我，就帮我换个愿望呗——"

"规则二，如果坚决抵抗，你就会变成一个屁被放掉。"

我再次被噎住，还没等我想出对策，那玩意儿却突然就消失不见了，是真的不见，绕屋子找没找着，窗外也没有。突然就走了，正如突然地来。


我披上睡袍走出办公室，来到大办公区。灯黑了一大半，还有两处亮着台灯，一处是个漫画师助理在戴着耳机加班，另一处，一个助理在桌上睡着了。我不忍心打搅工作中的人，走向睡觉的那一个，摇醒了他。

员工抬起头，迷迷糊糊地看着我。

"来，抽我一巴掌。"

"真是个好梦。"

员工咧嘴一笑，哼唧着又睡去。他的反应让我不放心，我又走到戴耳机的小助理跟前。小助理看见我了，尴尬地笑笑。

"我一直戴着耳机，什么都没听见！"

行吧！

还真的不是梦。

我是一个思维缜密的人，越遇大事越不慌。就算有百分之一的可能，我也得提前做好百分百的准备。

手里有粮，心中不慌。我来到写字楼对面的深夜的超市买方便面，一天三包，三七二十一。就算变成狗不能自己泡面吃，咬碎包装袋直接干吃总可以吧。我也可以买面包饼干，但是我不爱吃甜食，一口都不吃。无肉不欢，火腿肠是少不了的。然后还有水。我办公室的桶装水都是快喝完了，卷毛换。剩下的不够七天了，我买三大瓶一升的矿泉水，最后还买了点花生米和榨菜。

我拎着买回的东西走进自己的办公室，锁上门。我的办公室，我不在的情况下，没人敢进。然后又在手机上提前编写好给卷毛的微信，告诉他我临时有事出门七天，勿念，用邮件汇报工作。微信写好但是不发送，明天醒来，万一真那啥了，爪子毕竟不好用。未雨绸缪，真那啥了，简单按个发送键就行了。

感谢网络，就算变成狗，七天不出门照样可以指挥工作。睡觉！

李响

入夜了，医院门诊已经下班。但是医院大楼顶层的研究室依旧灯火通明。犬类基因数据库成立三年了，天天如此。

这家医院是从我老爸那里继承下来的。我爸是个特别纯粹的生意人，什么挣钱做什么，开煤矿，开饭店，开印刷厂，搞装修，建宠物医院。有了钱后便别无所求，每天花天酒地，毫无节制。我妈是个普通的家庭妇女，跟我爸的感情早就破裂，在一次跟我爸的激烈争吵后，跑出去跟驴友爬山，从此没了下落。我爸也于十年前死于胃出血。当时我二十六岁，刚读完美国的生物学博士，立即赶回国处理丧事。我卖掉老爸几乎所有的产业，只留下了宠物医院。

感谢我妈生了我，感谢我爸留给我巨额的遗产，但我打心眼里瞧不起他们两个。我是个科学家，不求生前的享受，也不允许自己一生碌碌无为，我要用我的研究改变世界，将我的名字载入史册，我要永垂不朽。

我正在蒲团上闭目打坐，有人敲门。

"进来！"

门从外面推开，进来我的两个学生。瘦点儿的叫沙青，自己给自己起了个绰号叫大鲨鱼，不过好像也没叫起来。胖点儿的叫王张，估计是取了父母两个人的姓。俩人的研究生方向都是动物行为研究学，瘦子主攻海洋鱼类，胖子主攻鸟类。我只收了这两个人做研究生，不是因为他们两个格外优秀，而是因为他们格外胆小、听话。我的秘密计划需要他们两个人的协助。

"导师，杭州新送来的三百二十七只狗狗的基因检测结果出来了，没有一例异常。"

"昆明、洛阳和西安最新的样本正在检测中。"

俩人突然不说话了，我睁开眼，看到他们一副欲言又止的样子。

"怎么？"

瘦子鼓起勇气，开了口。

"导师，基因数据库成立三年，累计检测了六百多万只狗狗，没有一例异常……"

我从蒲团上站起来，穿上衣服。

"如果三年前，我没有亲自在那只大金毛身上检测出人类和犬类基因并存，我会跟你们有一样的想法。可惜，它跑掉了。血液样本也丢失了。我能做的，只有穷尽一切可能找到它。而且，我不相信它是唯一的，一定还会有。"

"可是，这跟大海捞针有什么区别？"

胖子是更胆小的那一个，每次都要等瘦子说完自己再说。

"没区别，就是在大海捞针。别说是针，就是粒沙子，也要找到它。找到它，意味着能发现人变成狗的秘密。意味着将把现今的基因遗传学的理论完全颠覆！"

胖子瘦子使劲地点点头。

虽然在点头，但我知道他们俩在内心深处依然认为这一切是不可思议的。而世界上最不可思议的事情，就是这个世界其实是可思议的。基因遗传学已经走到了混乱的地域，三观一遍遍地被颠覆。我曾经为自己在混乱中找不到方向陷入深深的忧伤。但是三年前的那个发现让我欣喜若狂，我要脱离混乱，我要走得更远，我要开创新纪元，建立基因遗传学的新秩序！

就在刚才，我无意中抬头望向窗外，看到空中流星划过，觉得这个景象特别熟悉，于是上网查了一下。原来是摩羯座流星雨，上一次看到是三年前，后来我遇到了大金毛。虽然不知道这之间有什么联系，但是我有预感，就要找到它了。

## 马谷子

一阵敲门声把我吵醒。不是敲，是拍。写字楼的保洁大姐从来就不舍得用自己的手指关节。我让卷毛给大姐提过，但是固执如她，拒绝改变。

我伸了个懒腰，不耐烦地回应——

"汪汪汪！"

我被自己的声音吓到了，一个激灵坐起来，手已经变成了毛爪子，挠挠脸，也是毛的，掀开被单，还是毛的，白色的内裤还在。

"恭喜我，梦想成真了。"

我平静地接受了命运的安排，重又躺了下来，望着天花板，把夜里发生的一切重新梳理了一遍，梳理到最后，想起该通知卷毛了。手机放在床头柜上，我伸爪子去抓手机，抓不住，手机掉到了地上。爪子到底有多难使，你攥住拳头去做一切就知道了。

　　我坐起来，腿先着地要下床，结果从床上栽了下去。好吧，我错了，狗狗都是前腿先下地的，跟人正好相反。到现在才知道，我的手和大长腿有多好用，虽然他们从我出生起就一直伴着我，无怨无悔地帮了我那么多忙做了那么多事，我却一直把他们的存在和付出视为理所当然。嗯，七天后，我一定要好好谢谢你们，按摩个腿，护理个手，买条名牌裤子，再买双皮手套。嗯。我用爪子笨拙地点击手机屏幕，将夜里编写好的准备发给卷毛的微信发了出去。这个时间点，他应该已经来上班了。

　　卷毛很快回复了微信，是个表示收到的动漫表情图，本网站专属。我放下心，站起来，走向卫生间。我想看看自己到底变成了什么样子。

　　梳洗台好高，梳洗台上的镜子也好高，我立起身子，把前爪搭在洗手台上，将将能在镜子里看见一个小狗头。我做人的时候，从镜子里可是能看见胸的好嘛！现在立起来能有一米五？不知道是怎么给狗狗测身高的，四脚着地从地到背，还是两脚着地从地到头顶？不过，貌似还挺好看的，灰白的小脸，有神的小眼，还有一对挺立的小耳朵，至于是什么品种的狗狗我说不清楚，我对狗

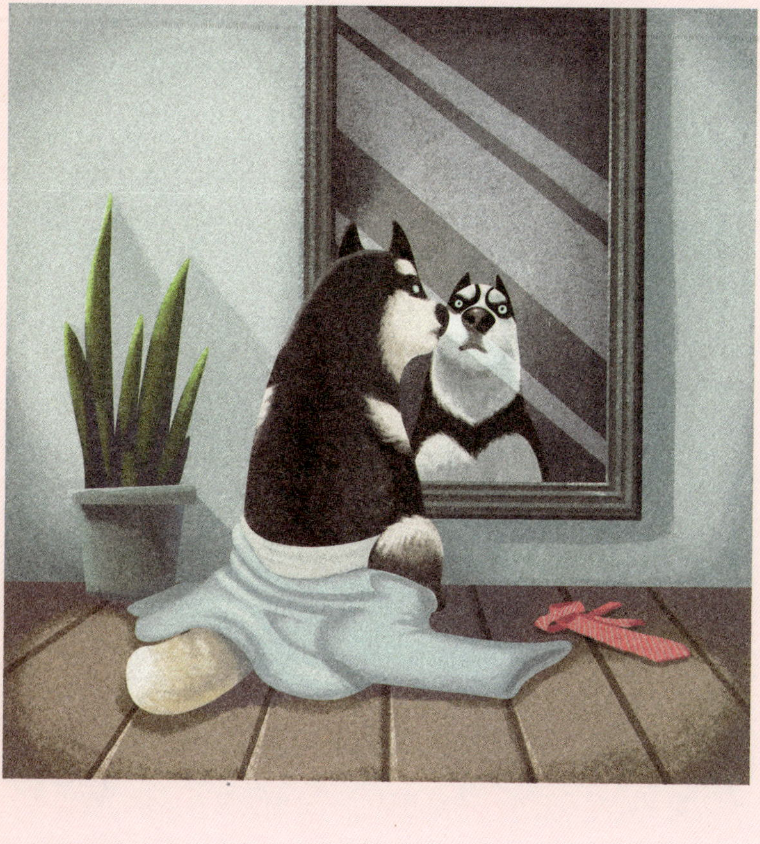

狗了解得不多。其实长啥样也无所谓，反正没人看见。

这么想着，我忽然有点可怜起那个自许为流星尸体的玩意儿来了。牺牲了自己也没照亮我，完全是毫无意义的消耗，还不如把机会给某个暗恋狂有价值呢。

我习惯性地去拿牙刷，根本拿不起来。牙看来是不用刷了，胡子是不能刮了。还好，尿是可以尿的。我走到马桶跟前，立起身子，裆部位正好卡到马桶边沿。我用爪子笨拙地从裤衩里掏出小鸡鸡。小鸡鸡正好够到马桶边，完美。如果我个子再矮点儿，只能随地大小便了。想到此，我莫名地得意起来。正尿着，马桶盖却突然掉落，正好砸在我柔软的鸡鸡上！疼得我啊！

我捂着鸡鸡，"嗷"地叫了起来，突然想起外面还有人，赶紧忍住。我四仰八叉地靠在浴缸边上，喘着粗气，终于从疼痛中缓过神儿来。大活人，不，大活狗还能让尿憋死？我决定向女人学习，坐着尿尿。我背对马桶，纵身向后一跃，却因为屁股太小，"扑通"掉进马桶里。

我正挣扎着从马桶里出来，突然听见有钥匙彼此碰撞的声音，然后是卷毛和保洁大姐说着话走向我办公室房门的声音。

"不可能啊，您一定是听错了。"

"错不了。屋里关条狗，又拉又尿还不得脏死？"

"马总不喜欢狗，昨儿还为这个开人呢。"

领教过保洁大姐的固执，我知道卷毛不开门让她进来看看，她是不会善罢甘休的。据说大姐连续二十年被评为本写字楼最敬业保洁，这荣誉不是白来的。怎么办，赶紧找地儿藏起来。我飞快地在屋里转了一圈，找到个绝佳的藏身之处，保证他们找不到。

门开了，卷毛和保洁大姐走进办公室，里里外外，上上下下地寻找着，自以为没有放过任何一个角落。

"还狗呢，狗屁都没有。"

保洁大姐转身走了，卷毛也嘟囔着走出办公室，关上门。

我全身紧绷着，使使劲，将藏身的花瓶撞倒在地。办公室角落的锡制的落地大花瓶就是我的藏身之处，俩大傻子根本没想到。我从瓶口探出个脑袋，正挣扎着要从花瓶里出来，突然又听见卷毛和保洁大姐越来越近的说话声。

"桌上有泡面，放臭了你更得挨骂。快开门。"

"阿姨，您敬业起来，美丽得我无法反驳……"

卷毛用钥匙开始开门。

糟糕！我知道大姐敬业，但不知道如此敬业。门开开了，而我还卡在花瓶里，出也出不来，缩也缩不回去。卷毛和保洁开门进来。保洁大姐看了我一眼，不以为然忙着去收拾桌子，卷毛则笑嘻嘻地走了过来。

"嘿，原来你藏在这儿！"

看来我的变化还是很大的，这小子完全没认出我来。

"宝贝，你主人呢？"

"你才宝贝呢！没大没小！肉麻！"

我忘了我是狗，语言不通，沟通不畅。我说半天，他根本听不懂，不怒反笑，不仅伸手摸了摸我的脑袋，还努嘴做出要亲我的样子。俗话说，是可忍孰不可忍，俗话又说了，狗在屋檐下，哪能不低头。俗话你出来，我想跟你好好聊聊，看看你是不是有精神分裂症。

"你个二哈，还挺厉害，叫你二，出不来了吧？"

什么？！原来我就是传说中没脑子的傻瓜二哈？！是贡献的表情包数也数不清的哈士奇？！妈的，那个自称是流星尸体的家伙，你到底哪只眼认为我该变成哈士奇的？！我难道不该是大藏獒吗？自己眼睛里的自己怎么跟别人眼睛里的自己差距这么大啊？太生气了，虽然你不知我知，但是天知地知啊！不行，我真是被气坏了，语无伦次了。

卷毛走到大花瓶后面，抬起瓶底，把我倒了出来。我恩将仇报，冲着他大喊大叫起来，还呲起了我的小狗牙。

卷毛终于被我吓到了，委屈地躲到保洁身后。

"头回有狗狗不喜欢我！"

那是因为我根本不是狗！我冲着保洁和卷毛低吼着，一步步走过去，极尽所能想把他们俩吓得离开办公室。可是，保洁大姐根本不怕我，她连忙捡起身边的吸尘器吸头，按下开关，拼刺刀一样对着我。我身上的毛被吸得根根竖起，鼻子好像只有呼的气了，吸起来有些困难，我只好后退几步。

"怎么办呢？"

"先赶出去吧，办公室进了狗，马总饶不了我。昨儿刚定的规矩。"

臭小子，把我赶出去，我更饶不了你！

保洁大姐越逼越近，我灵活地左躲右闪着吸尘器，逮着个空蹿向里屋。里屋是我最后的堡垒，必须守住，不然就麻烦了。

我进了里屋，返身用身子顶着关上门，想锁门，却发现爪子比我想象的还难使。还没搞定门锁呢，就有人在外面推门，我只好拼全力使劲地顶住门。但是保洁大姐神勇啊，推不开门，就退后两步助跑，撞上来。我无力抵挡，门被撞开。趁大姐没站稳的工夫，我刺溜钻进了床底下。

感谢保洁大姐，床底下还挺干净。我没想好接下来该怎么办，大姐跪在地上，看着床下，伸手要抓我。我赶紧卷起尾巴，匍匐前进，爬向床的另一边。

我从床的另一边爬出来，大姐已经站起身来，没想到肉大身沉也能如此敏捷。大姐张开手臂冲向我，我从她胳膊底下溜走。

办公室是待不住了，我跑向门口，听见卷毛在给安保中心打电话，要抓我。

## 花花


离开公司那天，卷毛跟我说马总刚被放了鸽子脾气不好，说我算是撞枪口上。往好了想，这概率约等于中彩票。卷毛的幽默感跟自来水一样，拧开就有，不管刮风下雨还是酷暑严寒。我不行，我才没心情逗贫。我跟他说我不要彩票，我要我这个月的工资。虽然卷毛一口答应第二天给我，但是没拿到钱之前，我没法放心。

我是看到招聘网站的信息去应聘的，面试官就是卷毛。面试通过后，动漫网跟我签了为期三个月的试用合同。如果我要辞职，必须至少提前两个星期提出辞职报告，否则我得承担给公司造成的相应损失。昨天事发突然，我不后悔，如果重来一遍，我还是会这么选择。但是到底该怎么界定所谓的给公司造成的损失我心里没底。试用期的工资一个月四千块，一个月四个星期，合一个星期一千块，我干了三个星期，会给我三千块呢，还是会找借口东扣西扣，或者不仅不给还要我倒找呢？

刚搬了家，只有很少的一点点存款，在大城市里自己养活自己，每一分钱对我都很重要。我以平均五分钟一次的频率查看着银行的短信提示，终于等来了结果，竟然是四千块。会计一定是搞错了。

我取了一千块现金，来到动漫网，下了电梯正看见卷毛走出办公室。我从包里掏出信封，递给卷毛。

"工资收到了，会计一定是搞错了，多发了一个星期的。"

"没搞错。公司有规定，干够半个月就发全月的。"

"真的吗？那太好了！谢谢了！"

这真的是意外之喜，我立即把信封放回了包里。我喜欢这个规定。

"头回见你这么诚实的。"

两个写字楼的保安走了过来。手里拿着牵引绳，对讲机，腰上别着电棍。他们问卷毛狗在哪儿。原来，马总出差不在，卷毛在马总办公室发现了一条哈士奇。狗狗应该是走丢了，自己找家呢，也不知道是怎么就进到马总办公室了。因为我昨天刚因为带狗进公司被开除，卷毛知道这狗狗肯定百分百跟马总没关系，所以想把狗狗赶出办公室，但是又怕惊扰了写字楼里的其他人，就叫来了保安。

希望这条狗狗最终能找到自己的主人吧。

我下了电梯，迎着来上班的人们，走向写字楼大门。这个时间点，往外走的就我一个。我为自己的与众不同感到羞愧。真羡慕有工作的人，我得赶紧找到新工作。

身后一阵骚动，有女人惊声尖叫起来。

"啊！狼！"

"不是狼，是二哈！"

我连忙回头去看，一条哈士奇从人缝中蹿出来，飞快地冲向大门。两个刚才在楼上见过的保安跟在后面追过去。我跟在他们后面，继续走向大门。

旋转门转出的隔断还剩一条缝，二哈灵巧地冲了进去。两个保安赶到时，二哈所在的隔断已经封闭了。二哈随着转门往外走，竟然还回过头来，冲着保安吐吐舌头，好像很得意。哈哈，这个二哈，还挺聪明的，不仅会走旋转门，还会瞧不起人。可是它的聪明也就限于此了。

它的毛很干净，身上的白色内裤也很干净，看起来走丢时间不长，而且以前一直被主人照顾得很好。

我走进下一个隔断，转门却突然停了。原来是一个保安按下了转门边上的控制按钮。

"不好意思，麻烦请走这边。"

"好。"

另一个保安移开障碍物，将边门开开，让大家通行。

我从边门走出写字楼，回头看看被封在转门里的二哈。转门已经露出一条小细缝，二哈正使劲地挠着门，鼻头和一只小爪子从门缝里伸出来。这么弱小的身躯想对抗钢筋旋转门，怎么可能？

看着它那绝望无助的样子，心里不忍，我又转身从边门走了进去。

"麻烦问下，你们要把狗狗怎么样？"

"送领养中心。这么大的狗跑出去，它不安全，别人也不安全。"

保安回答我。

"可是，据说七天找不到主人或者领养，领养中心就会把狗狗安乐死的。"

二哈好像听懂了我说的话,哀嚎起来。

"我也听说过。但是没办法,只能祝它好运了。"

我走到转门边,隔着玻璃看着二哈。它也看着我。不知道为什么,忽然有种似曾相识的感觉,我们好像在哪儿见过。这一眼,也促使我下了决心。

"要不,我先带它回家吧。它穿着裤衩,应该是有主人的。主人现在不定多着急呢。我帮它找找主人。"

"是个好办法。"

保安好像也如释重负。

"你是楼上那家动漫公司的?"

"昨天被开除了。这是我的身份证,我把手机号也留给你们,万一它的主人找来,麻烦联系我。"

我从包里掏出身份证,递给一个保安。保安接过身份证,拿手机对着拍照。

"当心点,它跟不跟你走,可不确定。"

另一个保安将牵引绳递给我,走过去按下墙上的按钮。转门回转,二哈走出转门,走到我跟前,摇起了尾巴。

## 马谷子

我跟着花花走在路上，脖子上拴着牵引绳。

计划全部被打乱，我都不知道该怪谁。

我，一个准精英，老总，一觉醒来，不仅变成了狗，而且是最逗逼的二哈，还被自己的助理赶出办公室，还冲被自己开除的员工摇尾乞怜，我这霉倒得真是罄竹难书啊。

花花牵着我走进路边一家自助银行，在自助柜员机前忙着。

我蹲坐在花花身边，透过落地玻璃窗，可以看到外面街道上车辆和行人来来往往。自助银行的门是里外都可以开的那种，不用站起来拧门把手，推开门就能跑出去。这里白天也没有保安，不会出现突然被封住的尴尬。可是跑出去了，然后呢？去哪儿？吃啥？万一被抓住了送去领养中心，后果更是不堪设想。我只看到当狗狗舒服了，没想到一个不留神还容易丢了性命。

柜员机的账户显示，余额10020.88元，花花很开心。这也能开心，要我得愁死。

我还是跟着这穷丫头混吧，反正也没几天。

花花的家在一个老旧的居民区三楼。她是由卷毛招聘进公司的，关于她的一切我并不了解。从她带月饼上班这一点来看，她至少应该是自己住。这对我比较有利。我只想安安静静地把这七天过完，可不想跟她的七大姑八大姨打交道。

花花家很小，零居室，就是客厅卧室厨房全在一个空间里的那种房间，床是单人床，果然一个人住。房间布置得很简单，但是温馨，窗帘床单都很好看，花瓶里有鲜花，花瓶也很好看。虽然比不上星级度假酒店，窗外也没什么风景可看，但是在这吃吃睡睡个七天也还说得过去。

那只去过我公司的小狗欢快地从房间深处跑过来，冲向花花的同时，突然看见了我，赶紧来了急刹车，结果摔了个嘴啃地。

"哈哈，你个傻月饼。这是咱家的客人，好好玩啊。"

花花把它抱起来，亲了亲，又放下。原来它叫月饼。属于我不爱吃的一类民俗食品。月饼凑到我跟前闻了闻，又转到我身后去闻我屁股。妈的，这见面礼给的太大了吧。

"滚开，小婊子！"

我赶紧躲闪，月饼却不放弃，继续追着闻。

"我们好像在哪儿见过……"

月饼开口说话了，原来是只女狗。我能听懂狗狗说话，看来是真的变成狗了。虽然我早晨醒来时就知道我变成了狗，但是这个新的技能或者说证据还是再次郑重提醒了我这一荒诞的事实。

"马总！你是马总！"

没想到月饼还记得我，我吓了一跳，赶紧去看花花。花花脱了鞋，光着脚丫走进房间。月饼在花花后面跟着跑着，叫着。

"主人，他是马总，他是坏人！"

"月饼乖，不叫了啊。"

花花没听懂，我放下心来。这要是被她知道了可就太没脸，只能逃了。

知道我是马谷子的只有月饼一个，就算它告诉了全社会的狗狗我也不怕，反正它们不会上网，反正也没有人能听懂它们说话。我是安全的。

月饼见报警无效，冲着我呲起牙来。

"哎呀妈呀，你可吓死我了。是我，你想怎么样？！"

"不许伤害我主人！"

月饼个头也就我的十分之一，不注意看我都看不见它，竟然还想着在我面前护主，也不怕我一巴掌拍晕它。传说中狗狗的忠诚品质果然不假，是个好孩子。但是为了接下来的七天能让它跟我友好相处，我还是决定用智商碾压它。

"你对我好，我就会对你主人好。"

月饼听我这么说，转身跑走，又很快跑回来，嘴里叼了个玩具骨头，扔给我。蠢狗真是太好骗了。


花花趁我没注意换了件家居服走过来，看见我面前的玩具骨头来了灵感。

"对了，就叫你骨头吧。这个名字怎么样，喜欢吗？来，好骨头，脱了裤裤，洗个澡澡。"

什么？！

我被花花的提议吓坏了，赶紧跑开。花花追着抓我。

"嘿，你这家伙。你是听懂我说什么了吗？站住！"

不站住！

到一个女人家做客，刚一进门就要给你脱裤子洗澡，你接受得了吗？而且这个女人还是你的下属，你们还并不太熟。这也未免太好客了吧！我钻桌底，上沙发，完美地粉碎了花花的每一次拥抱企图。

"马总，我也不喜欢洗澡澡。"

月饼站在一边看着，乐得直吐舌头。我才忽然想起我变成狗了。好吧，就算她不知道我是谁，但是我知道我是谁啊，我怎么能随便让她占我的便宜呢？我站在沙发一边，花花往左我往右，花花往右我往左。

"省点钱咋这么难！"

花花终于率先缴械了，她气得跌坐在沙发里，拿起手机鼓捣着，拨打电话。电话接通，

"你好，天天宠物，有什么可以帮您的？"

手机里的声音我听得十分清楚，是个男的，更别扭。算了，还是花花吧。我耷拉着尾巴主动走向卫生间，钻进玻璃淋浴间。

"不好意思，情况有变化，先不用了，谢谢啊。"

花花挂了电话，也走了进来。

"你个小家伙，我采访采访你呗，怎么突然就想通了？"

懒得回答你。既然怎么也躲不过这一劫，那就早来早了吧！花花给我脱掉内裤，然后摘下花洒，拧开水龙头，调试好水温，开始给我冲身子。身子湿透了，又给我涂抹浴液，并开始全身揉搓。

真是要了亲命了！我是狗，我不是人。我是狗，我不是人。我头朝墙角站着，闭着眼，一遍遍默念着自创的护身咒语。

"大了。"

月饼站在淋浴间外看着。

"滚！"

我冲着月饼大喊一声，月饼跑走，花花惊讶地笑起来。

"天哪！你个小流氓！"

哎，女人啊女人，撩拨你半天，你从了，她说你是流氓。

花花用吹风机给我吹风，活活吹了一个小时，毛毛才干。把我俩都累得够呛。趁她走出卫生间的工夫，我赶紧把我的裤衩叼过来，可是怎么才能穿上成了大问题。好歹把一条后腿塞进内裤里，花花又回来了，然后惊讶

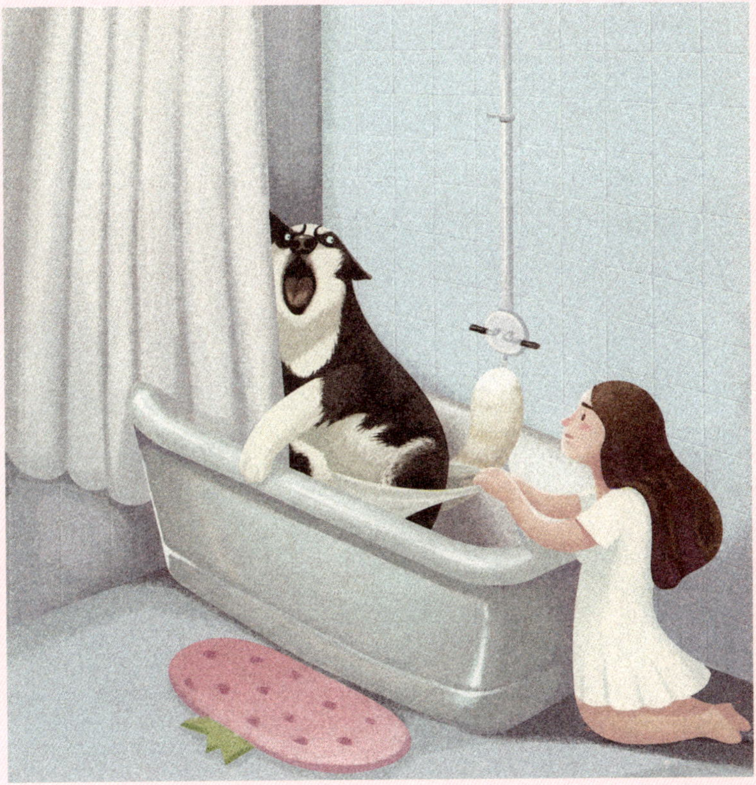

地拿走了我的裤衩。骂她她听不懂,咬她又太暧昧,咋整?只能从了。我是狗,我不是人。我是狗,我不是人。

花花给我拴上牵引绳,带着我和月饼一起来到了不远处的小公园。公园里有很多人在遛狗。月饼没拴绳,自己溜达着,闻闻这闻闻那,小尾巴摇着,很开心的样子。我则夹着腿,低着头,耷拉着尾巴,第一次不穿裤衩就出门,实在是太不自在了。别看我别看我别看我,可是我为什么觉得狗狗和它们的主人都在看我?

月饼似乎察觉到了我的心思。

"马总,怕啥啊,我不也光着呢?"

"怕——风,飕得慌。"

花花走着走着,突然停下来,举着手机对着我要拍照。

"骨头!看这儿!"

不看这儿!一大老爷们光着身子出门,有啥好拍的,我连忙把头别过去,给了她一个后脑勺。她转过去还是要拍我的脸,我又把头别到另一边去,再次给了她一个后脑勺。我可不想留下什么黑历史。

我别过头去,正看见一个年轻女孩穿着运动短打扮跑步过来。女孩子也看着我,冲我笑起来。

"这二哈，真漂亮！"

"谢谢啊！"

女孩说完继续跑走了。腿长腰细屁股翘，跑起来，高高扎起的马尾辫在脑袋后面一晃一晃的，身上的香水味儿我也喜欢，就是不知道交男朋友了没有。

我正想着，就听"咔嚓"一声，花花终于抓住机会，给我拍了张照片。我才发现，刚才的我正吐着舌头，摇着尾巴，完全进入忘我状态。真是丢死人了。我使劲拽着花花走出小路，走向不远处的灌木丛，那里没人。

"咔嚓""咔嚓"，花花举着手机还在拍，我蹲坐在草地上，白了花花一眼。已经懒得躲闪了。月饼仔细反复地嗅着我跟前的一块草地。

"马总，这儿被尿过了，您尿吧。"

"你没事儿吧！"

"要盖住它啊！盖住它们的尿，这地儿就是咱们的了！"

"你们是这么干的啊！你尿你的，我没兴趣。"

"不，我得对您好，您先尿。"

"男女有别。"

月饼忽闪着眼睛，显然没听懂，我也不想再解释。

一直没喝水，本来没啥想法，但是这事儿不禁劝，一劝感觉就来了。如果必须随地大小便，那我也要找个背人的地方，毕竟咱是受过高等教育的。

我瞥了眼花花，看她正在低头看手机，就起身走到一棵松树后。月饼也跟了过来，被我赶走。

我在树后站起身来，用前爪扶着小鸡鸡，撒着尿，舒坦地闭上眼睛。睁开眼时，发现花花正惊讶地看着我。真是臊死我了，男女有别啊！大姐！

花花坐在草地上，在手机上编写着什么，我不小心偷瞟了一眼，是把刚拍的我的照片放到微博上了，可能是在帮我找领养吧。怎么才能让她明白她是在白忙活呢？想了想，好像怎么也做不到，随她去吧。

我和月饼卧在花花身边，晒着太阳，无所事事地看着来来往往的人们和狗狗们。一个挺着大肚子的漂亮女人牵着只贵妇犬走过。月饼使劲嗅了嗅，很是不屑。

"又怀上了，骚货。肯定是老王头的。"

"哪个老王头？"

"公园看门的糟老头。"

"不可能！"

"我亲眼看见的，为什么要骗你！"

"我去，这娘们也忒猛了。"

我不相信地看了看月饼，但是它一脸的笃定。刚才进公园的时候我看见那个看门的男人了，五十多岁，一张饱经风吹日晒的脸，黝黑精瘦，个子不高，一张嘴露出一口大黄牙。而这个女人也就二十三四岁，五官深刻洋气，皮肤白得泛光，目测一六八，标准美女身高，一张嘴说出的会是中文夹英文。能跨越年龄，身高，学识，样貌，体味的障碍在一起，这女的也太重口味了。不是我歧视劳动人民，主要是这位劳动人民太埋汰了，还不如他的大黄狗干净。

大，黄，狗，全对了。

夜里两点了，床头的灯亮着，花花在看书，月饼睡在花花身边，四仰八叉地，打着呼噜。花花看的书是"如何成为生活的强者"。你软弱吗？没觉得。在办公室顶撞我的时候，那小话儿，那小眼神儿，倔强的啊，真让我下不来台。你要是软弱，我也就放你一马了，你一准儿不会丢工作。

糟糕，慌乱，不适应的第一天终于过去了，此时最大的感想就是肚子饿。我又不是真的狗，当然拒绝吃狗粮。我趴在床下，暗中观察着花花。花花终于睡着了，呼吸沉重稳定，我站起来，快步奔向厨房，拉开冰箱门。冰箱空荡荡的，只有面包和牛奶和水果。全是我不爱吃的，哭的心都有了。吃这么素，怪不得长得这么瘦小，跟我走在一起，说不好是谁遛谁。我说的我是现在的我，哈士奇的我。

再素也不能吃狗粮，这是原则问题。我叼出面包，开着冰箱门，借着冰箱里的灯，手嘴并用，撕开包装大口吃起来。红烧肉，酱肘子，拍个黄瓜，炸酱面，就蒜，倒点醋。精神胜利法似乎不管用，越想越觉得面包难吃。

月饼走了过来，站在我身边，低头看看地上的面包，仰头看看我，那渴望的小眼神儿啊真是让我没法拒绝。想起老爸也这么说旺财，说它的眼神儿像孩子一样真诚，不掺杂一点儿杂质，所以动人，当时听了没感觉，现在懂了。老爸后面还有一句话，"而且不会随着年龄增长有任何变化"。这话现在我也懂了。没有人的眼神儿会随着年龄增长没变化，越大懂得越多，吸收的杂质也越多，越来越不可爱几乎是一定的。想要在纷乱中守住点永恒的单纯，养狗吧。

我把没吃完的面包推给月饼，月饼扑上去，开心地大吃起来。我叼起面包包装纸扔进垃圾桶，关上冰箱门，打着嗝走向客厅。

茶几上的笔记本电脑没关,我在电脑前坐下,用爪子去按键盘。一天没管公司了,但愿一切正常吧。花了比正常多一万倍的时间,终于登录上邮箱。页面显示,未读邮件二百八十九封。这是否意味着,我要花掉比正常多三百八十九万倍的时间才能把邮件看完?正想着,又进来四封新邮件。嗯,真棒!

我笨拙地点开一封邮件,正看着,突然听到了什么声音。那声音来自隔壁房间。我迅速将耳朵转到声音传来的方向,是一男一女睡到半夜醒了,迷迷糊糊开始找乐子。

"别闹,睡觉,困着呢……"

"不,就要嘛……"

天哪,这也太放肆了,整这么大声,生怕别人听不到是咋的,要不干脆网上直播算了。难道不知道隔墙有耳这个词儿吗?难道不知道邻居家男女老少同居一室吗?想起小时候,家里电视上只要男女一谈恋爱,老爸站起来去倒水,老妈突然开始跟我讨论作业试图分散我的注意力。后来我大点儿了,再遇到电视上谈恋爱,我比老爸老妈还尴尬,主动站起来去上厕所。

我扭头看看花花和月饼,还好俩人都睡着,花花要是醒了，我俩该多不好意思啊。我转回耳朵，想专心工作，但是按捺不住好奇心，又转了过去。

"你讨厌……"

"不，就要嘛……"

"你小声点儿，把孩子吵醒了。"

一语再次惊醒梦中人，不是他们声音大，是我耳朵灵，我是哈士奇。

我被迷乱的声音整得坐立不安，气息不宁，完全没心思工作，不由自主走到床边，蹦上床。看看花花。花花熟睡着，真丝吊带小睡裙勾勒出诱人的身体曲线。月饼似乎觉察出了什么，警惕地看着我。

没事儿，我就是看看。

看看还不如不看，我下了床，火急火燎地走到沙发边，叼起沙发靠垫，跑进卫生间，关上了门。

那晚我睡得特别沉特别香，醒来时，太阳已经老高了。看看表，中午十一点了。幸福来得太突然也不好，会想哭。

月饼正站在阳台落地窗边向楼下看着，听见我醒了回过头来看看我，又扭头继续向楼下看去。我也站起来走到窗边，向楼下看去。

## 花花

我站在大太阳底下，脸被晒得通红。今天可真热，天气预报说三十六度，我站的地方没有树荫，肯定比三十六度高很多。我也没戴太阳帽，隔个帽檐，跟人交流起来毕竟不太方便。

这份工作是昨天遛骨头和月饼回家的路上，在小区门口广告栏上发现的。招聘单位是一家正规连锁健身中心，距离我住的小区也就几百米远，招聘职位是会籍顾问，工作内容是发传单，回答疑问，吸引客户。很低的基本工资加提成。而且只要求高中以上学历，户口不限。这简直就是为我量身定做的工作啊。回到家我就在网上投递了简历，今天一早接到通知，一个小时的简单培训后，我就上岗了。

我发传单的路段就在我住的单元楼后身，也是小区的后门。这条路的东边有家菜市场，西边有个银行，人来人往，而且抬头还能看见三楼自己家的窗户，简直不能再完美了。

我手里抱着一厚沓宣传单，看见有个大姐走过来，忙迎上去。

"您好，游泳健身需要吗？"

大姐看都不看我一眼，走开了。没关系，反正也不是第一个嫌弃我的了。站这儿一个半小时了，总共才发出去五张，每张上都有手写的我的名字。只要这五个人里有人愿意拿着宣传单走进健身中心大门或者打电话去咨询，最后办不办会员卡，我都赢了。向时间要数量，向数量要质量，我就不信我挣不到钱。

又有人走过来，是个中年男人，耸着肩，皱着眉，一脑门官司的样子，是那种特别需要健身来排解压力的人。我擦擦汗，打起精神迎上去。

"您好，游泳健身需要吗？"

"骗子！"

男人瞪了我一眼，拽过我手里的宣传单，狠狠地扔出去。宣传单散落一地。

这一下太出乎预料，我顾不上反驳，赶紧蹲下去一张张捡起宣传单。突然我的第六感让我觉察到了什么,赶紧抬眼去观察周围的情况,果然就看见城管的车开过来,正在靠边停车。还有两张宣传单没捡起来,我顾不上单子,站起来撒腿就跑。

离家近就是好,我利用对地形的熟悉,飞快地跑进小区后门,跑向单元门。回头看,城管不在。不知道是我甩掉了他们,还是他们压根没追上来。

我开开门,进了家,使劲地关上门。月饼已经等在门口,一蹿一蹿地要抱。我刚松了口气,抱起月饼,突然传来"叮咚"声,有人按门铃,吓死我了。他们竟然摸到我家来了。

"谁?!"

"我,蔡轩辉。"

我不放心地从猫眼往外看看,果然是他,小区物业的工作人员。因为名字难记,又长着蜡笔小新一样的眉毛,我自己管他叫小新。我开开门。

"有事儿吗?"

"物业接到举报,说你又养了条大型犬。"

"谁举报的,真是闲的!没有!再见!"

我要关门,被小新挡住。

"不好意思,我刚才查看了小区的监控录像。"

"好吧,你赢了。它是流浪狗,我不能不管。"

"有爱心很好,但做好事不能违反国家法律法规是不是?咱这儿是限养区,一户只能养一条,还得是小型犬,你已经有馅饼了。"

"我没有馅饼。"

"啊,对不起,那是什么饼?"

"你这么说我的宝贝我可不高兴。"

小新被我说得有点紧张,但我就是不高兴嘛!

"要是再有人举报,你就跟他说,让他再忍几天,我正给狗狗找主人呢,找不到主人就找领养。"

"几天——是几天啊?"

"那谁说得准?看缘分了。谢谢你的一片操心。再见。"

我关上了门,小新在门外喊着,说捡到流浪狗要先去医院做个体检,万一有个传染病,对自己家狗狗和小区狗狗都不好。好提议。

## 马谷子

我和花花坐在候诊区等着。我旁边的座位上卧着一只闭目养神的黑猫。毛油亮油亮的,一根杂毛都没有,即使是卧着,也是一副十足的御姐范儿。我忍不住一个劲儿地拿眼睛瞟它。当我再扭头去看时,黑猫睁了眼,正飞斜地看着我。眼珠竟然是明亮的纯黄色。实在是太美了,我气都喘不过来的感觉。

"你好。"

虽然已经被它拿下,我还是努力想表现得不以为然些。

"不好。好能到这来?"

得,我一定是表现得过了,惹它不高兴了,甩出来的反问句噎得我完全不知道该怎么接。我正紧张地反省着并琢磨着该怎么办,它又开口了。

"你怎么了？"

"体检。给我体检。"

这次我飞快且郑重其事地回答着。

"哦……你奴才怀了？"

"我奴才……？"

"你主人。"

"哦，她啊，她倒是提过，我没同意。"

"切！嘴硬。知道为什么限养你们不限养我们吗？"

"因为你们美。"

"没脑子。"

"因为你们乖。"

"因为你们把人当主人，我们把人当奴才。他们不敢。"

我被黑猫的理论震惊。颜值原来可以和才华并存，不是亲眼所见，我完全不会信啊。要不是环境不对，我真想给它梳梳毛。

扬声器里又传来女人温柔的广播声，"请三十六号甜甜到一号诊室就诊"。黑猫的女主人放下手机，抱起黑猫走向一号诊室。它叫甜甜，名字真好听，我虽然不爱吃甜食，但是我可以改啊！可惜相识太短暂了，它就这么被抱走，以后再也见不到了可怎么办？

"晚上，到我家后院来。"

甜甜原来也想再见我。

"你家在哪儿？"

甜甜越来越远，我急切地问着。

"在后院前面啊，笨蛋。"

"我是说地址。"

"什么是地址？"

我愣住了，看着黑猫被主人抱着消失在一号诊室布帘后。要不是她这感人的智商，我都忘了她是猫。我真服了我了，竟然管一只猫要地址，我是真把自己当狗了。

花花牵着我，撩帘走进一间诊室，一个男大夫正在座位上写着什么，听见我们进来就抬起头。

"李院长！我见过你对付蟑螂——的主人！太帅了！"

看来花花见过这个大夫。

"哈，谢谢。宝贝怎么了？"

花花将病历本递给李响，在李响对面坐下，我蹲坐在花花身边。

"我昨天捡的流浪狗，正在找主人，我想先给它做个全面体检。"

"真是好心肠，做得对。来，到台子上去。我摸摸。"

诊室里有一高一低两个铝合金台面，擦得特别亮。花花将我牵到低的台面上。李响走过来，检查我的眼睛，耳朵，然后用听诊器听听，上下其手开始一通摸。

如果甜甜真告诉我她家地址了，去还是不去，这可真是个大问题。还是得去的，毕竟我现在确实是狗，做一回狗不容易，既然做了，就要好好做，是这么个理儿。

"滚！变态！"

我正想着心事，突然发现自己的蛋蛋被偷袭了！这还得了！

我低吼着，跳下台子，拽着花花就要走。什么破大夫，征得我同意了吗就瞎摸。不看了，我要去找黑猫。但是花花不理解我的苦衷，拽着绳子不肯走，我也没办法，只好站住。

"骨头不闹！对不起啊李大夫！"

"没关系，说明精神状态还是不错的。应该没什么问题，但还是得验个血。坐吧。"

李响一副见怪不怪的样子，走到洗手池边，仔细地洗着手。花花想牵着我重新坐下，我却更进一步地想靠近门口，花花也只好站着了。

"好的。院长，骨头几岁了？"

"三岁左右，正当年。要是不准备配的话，最好是把绝育做了。"

你大爷！你敢给老子做绝育，老子就，老子就拿眼睛瞪死你！

我瞪着李响。李响擦着手，看着我。

"怎么，好像听懂我的话了？"

"有可能。骨头不是一般的聪明，人家还会自己穿裤衩呢。"

"穿裤衩？那可真的不一般啊。"

李响在自己的座位坐下，感兴趣地打量着我。

"绝育还是不要吧。我正给它找主人呢，万一主人不愿意呢……"

"我不想打击你，但是流浪狗找到主人的概率非常非常低，低到可以忽略不计。再说它都三岁了，还没绝育，这是不对的。"

"可是这么大的事，不征求狗狗意见，'咔'，就把人家给骗了，这是欺负狗狗不会说话。我奶奶捡到月饼的时候，它已经被绝了，肚子上一个大刀疤，看着特疼。好好的，就给人来一刀，我不忍心。"

"我理解，你们都是把狗狗当孩子在养，但是不管多喜欢，还是得理性点，它们毕竟不是人，由着它们性子来后果很严重的。一眼瞅不见，它就霍霍小母狗去，一窝好几只，子又生孙孙又生子子子孙孙无穷匮也，又不移山。你养啊？没人养，就只能流浪，饿了病了没人管，那才叫残忍呢。先去验个血吧。"

"说的也是……"

紧张的时事辩论会以花花开始动摇结束，这可太糟糕了。我的心已经提到嗓子眼了。做了几天狗就够委屈的了，再莫名其妙被骗了，那真就别活了。

李响在单子上写着什么，撕下来推给花花。花花走过去拿单子，手松开了牵引绳。我反应迅速，抓住这难得的瞬间，转身跑出诊室。我早就说过，我遇大事从来不慌。

"站住！"

"骨头站住！回来！"

我听见花花和李响在后面追上来，加快速度，疯了一样冲出候诊区，冲向医院大门，一路撞翻推车，扑倒护士，惊飞鹦鹉，激起"啊"声一片。

"保安！拦住它！别让它跑了！"

李响在后面大声喊着。

我冲到医院大门口，正要跑出去，门口的保安跑过来，伸手拾起牵引绳的一端，将我勒住。恭喜我，第二次倒在临门一脚上。

我在手术床上苏醒过来，眼前的一切渐渐清晰。一个白色的托盘放在近前的一张桌子上，托盘里放着两颗带着血丝的小蛋蛋，上面扣着个玻璃大罩子，讲究得好像盘法式大餐。我绝望地看着，眼泪模糊了双眼。四大皆空，六根清净，阿弥陀佛。

另一个手术床上，无影灯关闭，手术结束。一个穿着手术服的大夫将还没有醒过来的泰迪用床单托起，轻轻地放到一个小型推床上，另一个大夫走到我身边，将放着蛋蛋的托盘端走。俩人说着话，推着泰迪走出手术室。

"这二哈都已经麻醉了，怎么还没手术啊？"

"不知道，李响说自己亲自上。"

蛋蛋虽然还在，我也并没有松口气。手脚还在麻醉状态中，动不了，而李响已经打着电话走了进来。我赶紧闭上眼睛。

"钥匙在门框上面，快点！"

李响挂断电话，翻开我的眼皮看了看，又检查了下我的膝跳反应，发现麻药劲儿还在，就抱起我，走向手术室角落的一个门，开开，走进去。

李响把我放在里屋地上，又原路出去了。我仰躺在地上，小心翼翼地睁开眼，转动眼珠四下看看。这是一间医务用品储存间，架子林立，上面堆满医疗用品。

这家伙把我搁这儿，他想干吗？

不管怎么说，能醒得快点儿才是重要的。我决定自己吓唬自己一下。马谷子，你发大财了，没用；马谷子，公司倒闭了，没用；马谷子，黑猫在等你，没用；马谷子，你永远变不回人了。这个念头刚在脑海里闪过，我就一个激灵地翻身坐了起来。动动手，动动脚，还不太好使，但能使了。就是脑子还有点昏沉。

从进来的门出去肯定不行，我能听见大夫们进进出出准备手术的声音。房间里还有另一扇门，门外听起来很安静，我走过去，门锁却开不开。

脚步声传来，声音越来越近，在门外停下，是两个人。我赶紧藏了起来。

门锁转动,门被小心地推开,一个瘦子和一个胖子开门走进来。门没关,俩人在货架间寻找着什么。找我吗?联系李响刚才的那个电话,答案是肯定的。

墙上挂着几件白大褂,我从一件白大褂的领口里探出头看着,趁他们没注意,悄悄地溜了出去。

## 李响

这只叫骨头的哈士奇实在不寻常。见过的狗狗千千万,只有骨头对"绝育"一词有反应,而且如此强烈,跟正常男人的反应一般无二。我一定不能放过它。

"不是麻醉了吗,怎么可能溜走呢?"

"怪我,药量控制得不够。这样的事也不是第一次发生了。"

"什么时候发现的,走了多长时间了?"

"发现有一会儿了,已经安排保安去找了,没找到才来告诉你的。实在抱歉。"

"怎么会这样。"

"真的抱歉,你有什么要求都可以提,我一定尽力满足。毕竟是我的错。"

正说着,手机响了,我接起电话。骨头竟然不在储物室,怎么可能?我顾不上再跟花花说什么,转身就走。

冲进储物室时,胖子和瘦子正傻子一样杵在那儿。我四下看看,果然没有骨头。

"怎么会?你们进来没关门?"

"关了——吧?不记得了。"

"它不是麻醉了吗?"

拿这两个书呆子真是没脾气。

"麻药劲儿还有,它跑不远,赶紧去周围找,一定要把它找到!"

瘦子和胖子答应着走了。我赶紧拨打手机。

"我是李响,有哈士奇走失,通知各出口保安严查!"

这个骨头果然不一般,我太兴奋了,几乎能听到自己心脏跳动的声音。

## 马谷子


我偷听到了李响和花花的对话,实在不明白他到底想干吗。不管怎样,为了我的下一代,还是赶紧溜走为妙。

大门保安大概是接到通知了,几只哈士奇都被拦在门口不让出去。被同一块石头绊倒过两次,要是再不摔出点儿智慧,我也就太哈士奇了。

一个女人推着粉色婴儿车走到大门,保安往车里看了眼,帮忙推开大门,女人推车走出去。

车里躺着的是我,盖着小花被,顶着小花帽,嘴里还叼着奶嘴。等女人推着婴儿车走出医院大门,我从婴儿车里蹿出来,女人被我吓了一跳,大叫着转身跑进医院大门。

"妈呀!我的宝贝!"

委屈她的猪宝贝了。

我把叼着的奶嘴扔回婴儿车,跑走了。

## 花花

我不能原谅我自己。怎么能去个医院把狗狗丢了呢？我当时脑子在想什么，怎么会松了手？就算牵着骨头的绳子不够长，够不到化验单，我也应该让大夫帮个忙，把单子递给我，而不是松开手啊，难道我不知道哈士奇是著名的撒手没吗？它找不到主人，本来就精神紧张，昨天一口饭都不吃，还没等它适应过来，我就带它到医院。没有人喜欢医院，狗狗也一样，打了麻醉针都能跑走，我可怜的骨头，你现在到底在哪儿啊。

我围着医院走啊走，喊啊喊，根本看不到骨头的影子。

它饿了怎么办？要万一被车撞了怎么办？或者遇到狗贩子，被抓走送去繁殖场，被送上餐桌怎么办？不能再想下去了，越想心里越疼。

### 马谷子

等麻药劲彻底过去，醒来时天已经黑了。我是被饿醒的。从路边灌木丛探头出来看看，路人行人很少了，也不知道几点，估计比较晚了。

从医院逃出来后，在储物室见过的一胖一瘦的两个人还开车追过我。在城市里追一条狗可没那么容易，尤其是一条有着人类智商的我。堵车不说，还有单行线，绕吧绕吧，我就把俩人给甩掉了。实在想不明白他们干吗在我身上费这么大功夫，但现在顾不上想这个，肚子"咕咕"叫个不停，到哪儿去找吃的呢？

作为一条狗，我没有任何求生经验，只能贴着墙根漫无目地溜达。经过一家还没打烊的餐馆门口，我站住了。我是这家的常客，经常在这儿请客户吃饭。香味飘出来，烤鸭，宫保虾球，肘子，还有我最爱的小碗红烧肉。我站在门口，使劲地吸着鼻子，想用香气充满我的胃。餐馆服务生跑出来，把我轰走了。没爱心！我发誓，等我变回人，再也不会照顾你家的生意了。再见！

我一边走着，一边四下寻摸着。已经饿得前心贴后心了。从昨天到现在，我只吃过半个面包而已。经过一个垃圾桶时，遇到一只流浪狗正在垃圾里翻找着食物。肚子在叫，但是毕竟还没有饿到要捡垃圾吃的地步。我走开了。所有能提供干净食物和水的地方都需要花钱，只有垃圾是免费的。离开人，在城市里我们很难活下去。祝愿所有的狗狗都能有个幸福的家，有个爱它的爸爸妈妈吧。

打雷了，雨说下就下起来。我赶紧跑走。

我跑到一个公交车站的篷子下避雨，一连打了几个喷嚏。

一个年轻妈妈带着一个小朋友在等公交车。小朋友也就两三岁的样子，个头还没我大呢，特别可爱，看到我，高兴地跑过来，奶声奶气地跟我打招呼。

"大狗狗。"

"脏！"

妈妈一把把小朋友抱走。

公车开来，停下，妈妈和小朋友上车，车开走。

身上是湿的，爪子是泥的，毛打着缕，还满是被车轮溅起飞落的泥点子，丧家犬说的就是我。不怪那个妈妈嫌弃我，如果是我遇见了我，也一定很嫌弃。蹲坐在公交车亭下，我忽然很害怕，还有五天才能变回人，我真的能活过这五天吗？我要回去找花花吗？我现在这个样子，她不想要我了怎么办？

一张宣传单从车站的告示栏上飘落下来，飘落到路边的水沟里，我瞟了一眼，上面依稀有哈士奇的照片。不知道谁家的二哈也走丢了。又一张宣传单掉下来，一模一样的，我看了看，那二哈跟我长得有点像。不过，同品种的狗狗长得都差不多。等等，不会真的就是我吧？

我起身去看告示栏，才注意到，告示栏上还贴着几张一模一样的寻狗启事，大概是怕被别的告示淹没吧。启事上写着：×月×日下午，本人的哈士奇狗狗在贝贝乐宠物医院不慎走失。望有线索的朋友打电话×××联系我，一万元重金感谢。花花。

一万元。这丫头是拿出全部积蓄在换我啊。她竟然会如此在乎我，我看着，眼睛里有了泪水。

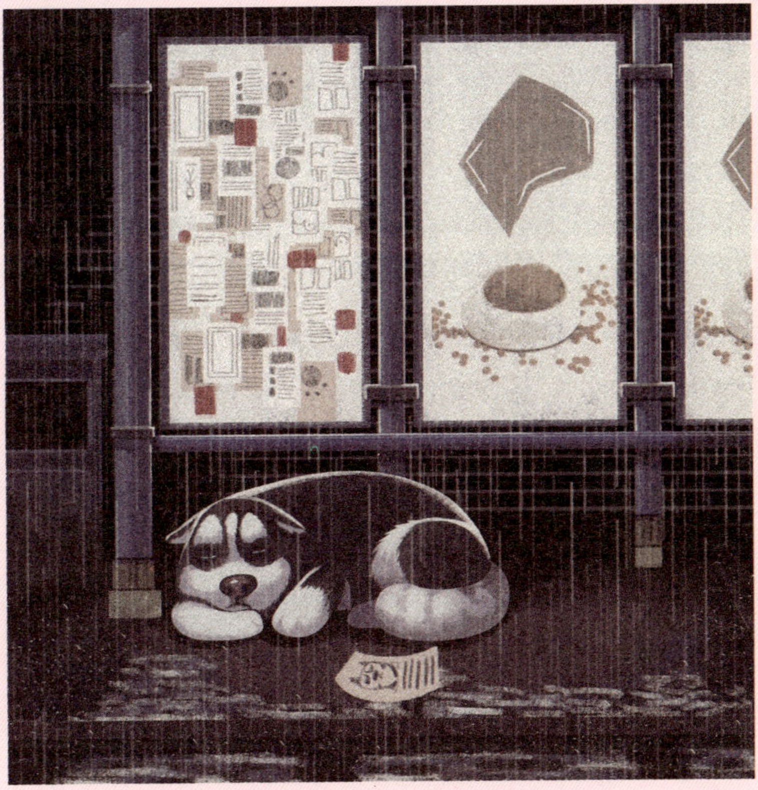

雨还在下。我蹲坐在单元门外面等着,一直没人进出。大概夜已经很深了吧。那我就在这里耐心地等着吧。想着已经离花花很近了,我心安了好多。

借着小区的路灯,忽然,我看见一把红雨伞走过来,伞下竟然是花花,疲惫,沮丧。快走到单元门口时,花花也看见我了,激动得扔掉雨伞冲过来,一把把我抱进怀里。

"骨头!"

被花花拥进怀里的一刻,我又落泪了。花花的怀抱竟然如此的温暖,不想离开不想离开,一辈子都不想离开。

回家后,花花给我洗澡,吹干,我大口吃掉半碗狗粮,还喝了好多水。我睡在花花的床边,离花花很近。这一夜我没睡太好,睡会儿醒会儿。醒了先看眼花花,看到她在,我才继续接着睡。耳朵里什么也听不到,除了花花和月饼的呼吸声。有你们,真好。

李响

骨头到了没抓住，好在给它留下血样。刚接到胖子和瘦子从实验基地打来的电话，骨头的血样检查结果正如我所料，犬类和人类基因并存！

我放下手机，压抑着激动的情绪，久久不能平复。

创造一个新理论并不像是摧毁一个旧谷仓，然后在原地建一座摩天大厦。它倒像是在攀登一座山，获得了新的更宽广的视野，在我们的起点和它的丰富环境中发现意料之外的联系。这不是我说的，是爱因斯坦说的。

在浩渺的未知面前，人类已知的和所有能想到的那点东西简直微小到可以忽略不计。真正的科学家要勇于面对人类自身的无知，勇于承担各种新使命，对未知充满敬畏，但永不退缩。

我热爱科学，我为人类在科学前进道路上的每一次发现欢欣鼓舞,更为自己能有新的开拓激动不已。

有湿漉漉的东西在脸颊上滑落,是眼泪。

## 马谷子

花花发的帮我寻主人的微博有了回应,有人打来电话,说是我的主人,要领我回家。这可太让我意外了。我还以为我是我变的,没想到我是狗变的。那我呢?

花花很开心,答应立即见面。见面地点约在一个小广场,花花牵着我,提前来到小广场的台阶上,坐下等着。小广场在家附近,一个剧场前。剧场白天没有演出,小广场的停车位都空着,显得相当开阔。很多人在这里闲坐着,聊天,晒太阳。

一辆车在不远处停下,这不那一胖一瘦的车吗?怎么又是他们?难道说他们追我,是因为我本来是他们的狗?

胖子和瘦子下了车,马不停蹄地走过来。

"叮铃铛啷,真的是你!"

"好宝贝,想死我了。"

他俩很痛苦很激动，而我很想笑。我木然地看着他们两个，不太明白我该怎么办。

　　花花看看我，站了起来。

　　"你好，美女，我们通过电话的。"

　　"你好，不过，这应该不是你们的骨头，它见到你们一点反应都没有。"

　　"这孩子被惯坏了，脾气大，不给好吃的就发火。来，宝贝，你最爱吃的肉肉。"

　　瘦子拿出个火腿肠递给胖子，胖子不接，瘦子再递，胖子只好接过，弯腰递过来。我老妈打小就教育我，不要吃陌生人给的食物。我才不要吃你们的东西呢，拿走！

　　我低吼了一声，花花看看我，安抚地摸摸我的脑袋。

　　"你们确实认错狗狗了。"

　　"真的没有认错。美女，你怎么能不相信我们却相信一只狗呢？"

　　"不被美女信任真是太受伤害了，尤其我们还长得这么诚恳。"

　　"对不起，这样聊下去，我会觉得你俩是骗子。"

　　花花说得对，我也觉得这俩人不对劲。长得诚恳的骗子多了，如果一定要在狗和人之间做选择，我也肯定选择相信狗。这俩人逻辑有问题。

花花拉着我要走，被瘦子胖子拦住。

"等等。有图有真相！"

哦？还有我的照片？这我还真想看看。我对自己的过去充满了好奇。花花也站住了，看来跟我一样好奇。瘦子拿出手机，找出一些照片递给花花看。我也站起来凑过去看。

照片上是我各种搞怪的样子。妈呀，我以前这么傻啊？这不就是一表情包合集吗？

"怎么没有跟你们的合影？"

"我们不上相。"

"我其实还行，照片比本人显瘦。"

"不好意思，没合影什么都证明不了这就是骨头。"

原来不是我，还好还好。花花牵着我又要走，再次被拦住。

"美女，你是想霸占着我们的狗狗不给吗？"那个瘦子变得凶巴巴起来。

"不服去告我啊。"小小的花花毫不示弱。

"你以为我们不敢吗？怕的就是遇上你这种人，所以来之前我们都做功课了，告诉你，这种案例，最后法庭都是判给原主人的。"

糟糕。真的是这样的吗？我有点发愁。

"内裤什么牌子的？"花花冷不丁的发问把我和那俩人都问蒙了。胖子倒是很快反应过来，低头从腰里拽内裤。

"大哥，我是问，骨头跑丢的时候穿着的内裤是什么牌子的？"

胖子和瘦子互相对视下，忽然都憋不住"咯咯"乐了。

"演砸了。快跑！"

瘦子和胖子说完撒腿跑向自己的车。

"跑快点儿，当心我报警！"花花大声地喊着。

没想到，这丫头还挺厉害，聪明又勇敢。我仰头看着她，可能是光线的原因，我第一次觉得这丫头特别好看。

花花送我回家就走了，我卧在阳台上晒着太阳，透过落地玻璃窗，正好可以看到在路边发传单的花花。月饼蹲坐在我身边。

"不是你主人吗？"

我摇摇头。

"我还以为是你爸爸妈妈在找你。你想他们吗？"

"一般吧，不怎么想，没几天就能见了。"

"哦……"

"你想你以前的主人吗？"

"有时会。主人家的小宝宝现在已经六岁了吧，也不知道长得像谁。女主人刚一怀孕，男主人就开车把我带到郊区，扔下我就走了，我跟着他的车追啊追，追不上还迷了路。你说，他们为什么不要我了呢？我做错什么了吗？"

"不是你的错，是你的主人太愚蠢。"

不能想象，看起来娇生惯养的月饼竟然也有悲伤的故事。我流浪过我知道，连我都差点活不下去，更别说小小的它了。感谢花花的奶奶把它捡回了家，感谢花花把我捡回了家。如果没有遇到好心人，结局真的不敢想象。我和月饼都是幸运的。

我伸出爪子，把月饼搂在怀里。

帮我寻主人的微博发出后，除了那俩货，不再有别的反馈。花花于是在微博上开放领养。第二天，也就是我变成狗狗后的第四天一早，就有人联系花花。花花在微信里跟对方做了简单沟通后，提出必须要家访，这也是领养宠物的国际惯例。宠物，嗯，我喜欢自己的这个新定位。

来接我和花花的是一辆宾利轿车，我和花花坐在后座上，去机场见领养人。能开宾利车来接我，可见对方非富即贵。就连司机着装都很讲究，穿着双排扣西服，皮鞋锃亮，裤缝笔直，还彬彬有礼的。

宾利车一路开向机场停机坪。

"怎么真进了机场？我以为是住在机场附近。"花花跟我有一样的想法。

司机侧头笑笑不答。

门卫老远看见宾利车开过来，早就按下按钮，将闸门升起。司机连刹车都不踩直接开进大门。门卫还是那个门卫，我趁机把几天前遭受的白眼还给他，他回复给我满脸的微笑。

我趴在敞开的车窗向外看着。停机坪相当开阔，几架大客机停在远处，偶尔会有机场的各种工作车辆开过。黑色轿车一路开到一架私人飞机前停下。看到正在走下旋梯的男人，我乐了，这不赵火炬嘛！当初开着私人飞机放我鸽子，现在巴巴地又开着私人飞机来接我，哭着喊着要养我，风水轮流转，你也有今天！

## 花花

我在电话里问过领养人的情况,对方自己有公司,房子带花园,有过养狗经验,答应给狗狗上户口,定期防疫,接受家访和回访。一切听起来不错。但是,百密一疏,我竟然忘了追问对方是不是住在本市。

"你好,花花,我们通过电话的,我是赵火炬。"

"您好。对不起,我没太明白,您是从外地赶过来的?"

"对,刚落地。"

"可是我微博上说了,不接受异地领养的。"

"我看到了。异地看怎么理解,我过来用了一个小时二十分钟,要在城里开车,可能还堵着呢。"

"你们有钱人是这么想事儿的。可是,不接受异地的理由您没明白,是因为不方便回访。"

"方便,非常方便。你想什么时候回访就什么时候回访。飞机接送。"

赵先生这么说,我有点儿不知道该怎么挑刺了。领养人的家庭条件看起来不是一般的好,好到是不是异地已经不重要的程度了。毕竟,让狗狗过上幸福生活才是目的。

"不是说按照国际惯例要做家访吗,请吧。合不合适的,晚点儿都会给你送回来。"

骨头好像很兴奋,拽着我走向旋梯。

"哈哈,你看骨头都等不及了。快请吧。"

我站着没动。

"不好意思,现在骗子多,我得上网查查你。"

"哈哈,应该的,没问题!"

我在网上搜索着赵火炬的资料,很多。赵火炬是火炬资本的创始人,网上还有很多他的杂志专访,大标题都是"赵火炬的幸福生活","完美人生"啥啥的。我把手机里的照片对比着赵火炬本人看着。赵火炬端正自己的表情配合着检查。是一个人没错。

"原来是个大人物啊!"

"过奖了。"大人物竟然还会不好意思。

在飞机上,赵先生告诉我说,是他女儿看到我发的微博的,因为喜欢"骨头"这个名字,所以决定领养。他的女儿今年二十二岁,比我小两岁,有钱人的任性我真的是不懂。

"您真是一个好爸爸。因为闺女一句话,就这么兴师动众。看网上说,飞一趟得三五十万呢。"

"平时忙,没时间回家,闺女提出这么具体的要求,再不满足,就太不配当爸爸了。"

"老不回家,老婆没意见吗?"

"她很支持我。男人嘛,一开始是要实现个人价值,然后是让老婆孩子衣食无忧,再做大点儿,就得想着团队负责,等再做大些,想法还会变,想得就是怎么为社会做贡献。"

"这岂不是没头了。"

"是,这条路没头。而且,一旦上了路,退都退不回来。很累的,还不如骨头过得好呢。"

这样完美的老爸完美的家庭,与我,只有羡慕的份。记忆中我就没有见过我的爸爸妈妈。稍微长大点后,我问过奶奶他们在哪儿,奶奶说他们出远门了。等再稍微长大点儿,我偷听了大人们的聊天,才知道事情远没这么简单。

妈妈是因为意外怀孕才生下我的,但是她和爸爸谁也不想要我,把我扔给出了五服的远房奶奶就都远走高飞,去各自开始新生活了,再也没来看过我。

奶奶没结过婚,听大人们说,她年轻的时候被家里逼婚,宁死不屈,一气之下跑到庙里要出家,婚事才作罢。后来奶奶没出家,但是一辈子吃斋念佛,也没再有过男人。我问过奶奶为什么不嫁人,她总是笑而不答。我一直想知道她到底有着怎样的故事,可是奶奶不爱说,去年她走了,也把自己的故事带进了天堂。

## 马谷子

知道最最最最高端的生活是什么样子的吗？迪拜王子什么的都弱爆了，我来告诉你吧。那就是拥有一座价值四亿元的空中厕所。整个大飞机都是我的厕所，我想在哪儿尿就在哪儿尿，还有漂亮的空姐在后面赔着笑脸，跟着，擦啊擦，喷啊喷的。怎么样，羡慕不？

赵火炬说他不如我过得好，真的是太矫情了。我敢说，男人十个有十一个想成为他。活该赵火炬，看你以后还敢放我鸽子不。

想着三天后，赵火炬看见我在他家醒来，一定一头雾水，哈哈！到时候我给他来个不解释，一问三不知，再问就哭。我倒要看看他紧张不紧张？不行，越想越兴奋，再撒一泡。

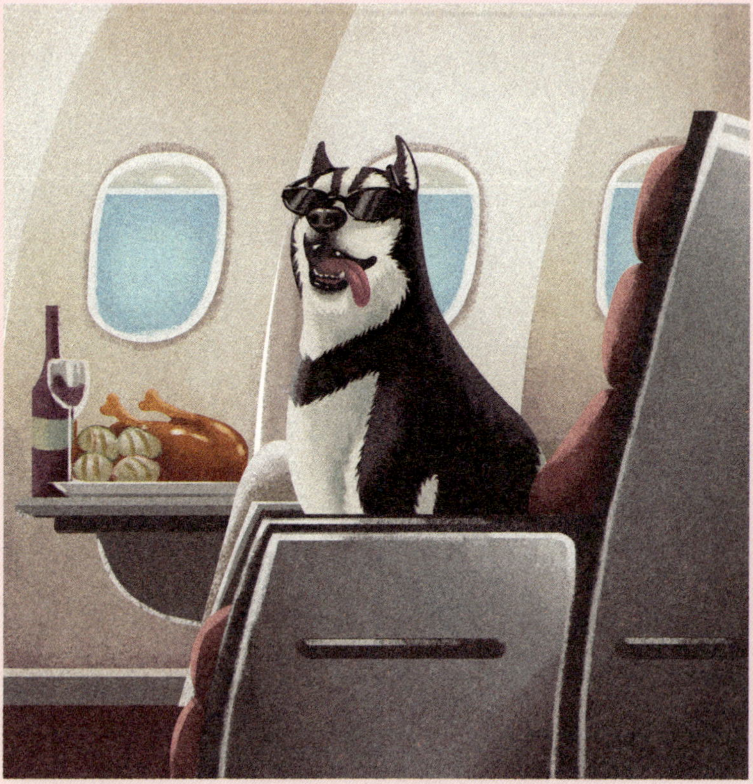

赵火炬的家在上海的郊区，人烟稀少的高尚富人区。我和花花坐一辆轿车，赵火炬坐一辆轿车，两辆车一前一后开过林荫路，开进赵家的大院子。

私人飞机，豪华轿车，大别墅，大花园，大游泳池，大喷泉，赵火炬生活中的一切如字典般诠释了什么叫豪华标配。但是，作为一个拥有过四亿元豪华厕所的我来说，已经看什么都不会大惊小怪了。虽然那厕所只属于我一个半小时。

我和花花跟着赵火炬走进客厅，赵妻从二楼走下来，婷婷袅袅的。赵火炬给老婆和花花做着介绍。赵火炬老婆脸蛋特别嫩，跟花花有一拼，但是老气的眼神儿泄露了她的年龄，这是个年轻的老阿姨。等等，我凑到赵妻身边，使劲地闻着。赵妻躲闪着。

"我怕狗。"

"不好意思。骨头！"

花花试图喝止我，但是我已经发现了惊天大秘密。我在赵妻的身上闻到了别人的味道，而且十分新鲜。我冲着赵火炬叫了几声，然后转身向二楼跑去。

"骨头！回来，别乱跑！"

我不听花花的，站在楼梯口冲赵火炬叫着。

"傻瓜！快来！"

赵妻脸上闪过瞬间的尴尬，虽然只是瞬间，还是被赵火炬看到了。

"骨头可能是想上去玩。我带它上去，你陪客人去院子里转转吧。"

我看赵火炬走过来，转身上了二楼，赵火炬跟上。

我上了二楼，直奔卧室，卧室里没人，床单有些凌乱，衣柜门大开着，衣柜前的地上散落着男士牛仔裤和衬衫。窗户敞开着，我跑到窗边，探头出去看。一个二十多岁的小伙子正站在窗户边沿，身上穿着内裤和白背心，小心翼翼地寻找安全的落地办法。

我冲着小伙子坏笑着吐吐舌头，小伙子被吓坏了，一不小心，掉下去，摔在了草地上。

赵妻正带花花走在花园里，小伙子就摔在了她们前面不远处。赵火炬走过来，在我身边探出头去看了看，脸上竟然没有任何变化。我离他这么近，竟然看不出他脸上的变化！赵火炬是真没明白这小伙子怎么回事儿，还是假装不明白？就算这家伙不是你老婆的情儿，家里进了光屁股的小偷，也不该淡定得跟面瘫似的啊。

小伙子狼狈地从草地上站起来，向大门口跑去。我脑子里瞬间闪现出一句行动指南：一不做二不休。灵药苦口，忠言逆耳，我必须要让赵火炬明白，我这也是为他好。

　　这么想着，我跃出窗户，去追小伙子。小伙子在前面跑，我在后面追。两条腿的终究跑不过四条腿的，我越跑越快，突然跃起，扑了上去。小伙子大叫一声，被扑倒在地。我按住小伙子，得意地等着赵火炬。

　　赵火炬还没赶到，赵妻抄起草地上剪草用的大剪子，气急败坏地冲了过来。

　　"不可以！"

　　花花快跑两步，从背后将赵妻扑倒在地。大剪子脱手，掉在俩人前面不远处。赵妻使劲摆脱掉压在背上的花花，爬起来去够剪子。我顾不上小伙子，冲过去，抢先一步踩住剪子，冲着赵妻低吼着。赵妻有点怕我，站住了。

　　赵火炬终于走了过来，拿着小伙子的裤子，走到小伙子跟前，把裤子扔到地上。

　　"穿好了再走。别让外人看笑话。"

　　原来赵火炬什么都明白。

　　"谢谢……赵总……对不起……我不是故意的……"小伙子慌忙坐起来穿衬衫，穿裤子。

汽车发动的声音传来，回头去看，赵妻坐上院里停着的豪华跑车，开动汽车来到小伙子身边停下。小伙子上了车，赵妻一脚油门，开车走了。

赵火炬目送那车开走，转身看着花花。

"我带你接着转转吧。"

这一切发生得太快，我作为旁观者都有点消化不良，当事人却好像什么事也没发生过一样，表示要继续生活。我抬头看着花花，她比我还尴尬。赵火炬的心到底有多大，家里出了这样的事儿都泛不起一点小浪花。难道说这样的事天天出，早就习以为常了？不可能，司机和园丁还有保姆还是很惊讶很慌张的。

花花不想转了，想带我回家。赵火炬希望花花能再等一下，他的女儿马上就到，他想让女儿见见我，也希望他的女儿能让花花改变主意。花花答应了，我们在客厅里坐下等着，等到了一个坏消息。他女儿的车在回家的路上撞上了他老婆的车，几个人伤情都很严重。这次赵火炬不再平静，却依旧希望我能留下，但花花担心我不能得到很好的照顾，没有同意。赵火炬没再坚持，扔下我们立即奔向医院。

家访失败。花花没听见,我听见了,两个保姆在隔壁房间窃窃私语,说赵火炬的女儿一定是嗑了药开的车,说这是戒毒戒不掉的后果。

我和花花又坐上了返程的飞机。想来想去,我忽然想明白了一件事,如果赵火炬离婚,火炬资本他的股份将会被他的妻子分走一半,所以貌合神离的夫妻俩早就形成了互不干涉的默契,只可惜被我打破了平衡。当然,这只是我的猜测。平凡如我,只能这样去揣度和理解有钱人的生活。当然,一个败絮其中,不代表所有有钱人的生活都败絮其中,但我还是很受刺激。真正的完美也许只存在于故事里。如果得到一些必须失去另一些,我知道我会选择什么。赵火炬的生活不是我想要的生活,我不想成为他,这样的家我一分钟都不想多待。

如果我不是好心办坏事,是不是那场车祸就不会发生呢?当然不是,但是我还是有些自责。虽然不厚道,但看到赵火炬的生活并不幸福也并不完美,心里平衡了好多,他挣个飞机也不容易,有尿我还是回家再撒吧。

回到家时天已经晚了。睡觉前,花花拿起指甲刀,坐在地板上,把月饼抱在怀里小心地给它剪指甲。我趴在一边看着，花花娇俏的小侧脸，长长的睫毛，低着头神情认真专注，也许是赵火炬家的一切都太狗血了，眼前的景象显得格外动人，温暖。

花花给月饼剪完，抓起了我的一只爪子。幸福来得太突然，我的小心脏翻江倒海，这样，这样亲密真的好吗？

花花和月饼在床上睡着了。我坐在电脑前上着网，一条条看着花花的微博。花花微博的账号叫"没有根的小草花"。

——奶奶，今天是您的祭日。三年了，想您。

——奶奶，他爱上了别的女孩，我们分手了。

——奶奶，我离开老家和月饼到北京来了。我租了个小房子，在一家漫画公司找了个工作。我俩过得特别好，奶奶您不用担心。就是想您。

——奶奶，我犯了错，被老板辞退了。在大城市立足好难，我会加油的。

——奶奶，我现在在一家健身中心做会籍顾问，主要负责发传单，解答疑问。工作离家近，不累。您放心吧。

奶奶去世，男友劈腿，还被我炒了鱿鱼。马谷子，你到底在想什么，非要在一个女孩子的伤口上撒把盐吗？

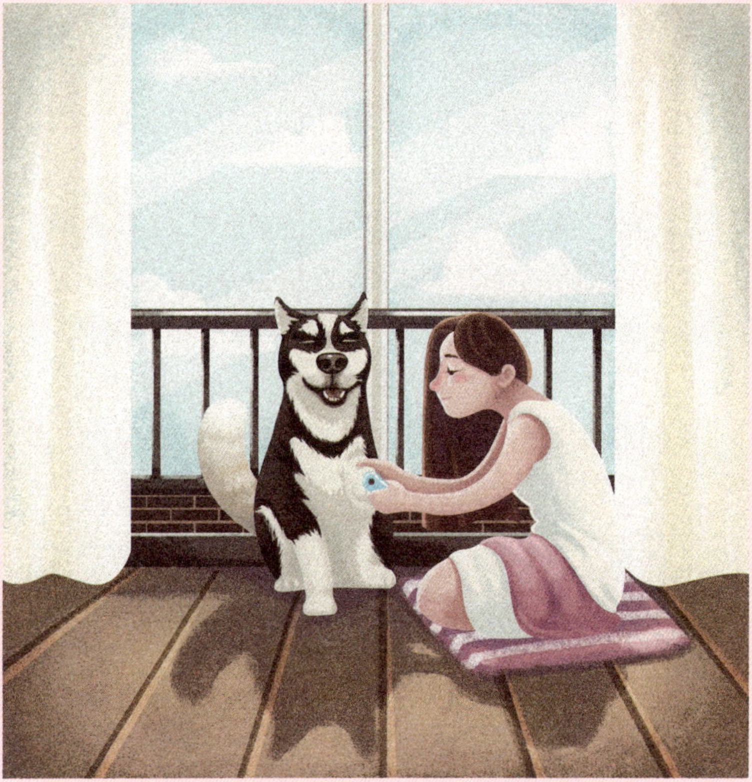

当我说自己是暴躁总裁的时候,我到底在说什么?不行,回头我得好好检讨检讨自己,看看还有没有误伤过无辜。

花花的爸爸妈妈呢?为什么翻遍所有的微博,也没看到一点痕迹?我想看看自己未来的岳父岳母是啥样,提前做点儿准备。

我忽然灵机一动,退出自己的微博账号,尝试着直接从花花的微博账户登录,毕竟是花花的笔记本电脑嘛!果然就登录进去了。我看到只有"自己可见"的一条微博。

——我的爸爸妈妈你们现在在哪儿,过得还好吗?会不会偶尔想起我,哪怕只有一下下?我倒是有点想你们,虽然连你们长什么样子都不知道。我也想问问你们,当初为什么一定要生下我。这个世界有什么值得来的?

原来是这样。一个人在这个世界上,没有了亲人就缺少了社会支持系统,孤零零的该多慌张,多焦虑。跟她比起来,我简直就算是娇生惯养。而重点中的重点是,这样一个几乎一无所有的女孩子,还会为了月饼放弃工作,还会不嫌麻烦救助我,还会有心情把每天的生活过得很细致。我作为一个大男人,必须得为她做点儿什么了。

花花去工作了,我把污衣筐里要洗的衣服叨出来,走到洗衣机边，按开滚筒的门，将衣服放进洗衣机里，再顶上门，扒拉出放洗衣粉的小盒子。洗衣机旁边有个玻璃器皿里放着洗衣粉，我叼住玻璃器皿里的小勺的勺把，小心地舀出洗衣粉准备放到洗衣机的小盒子里。但是一个不小心，勺子扣到脸上，弄了我一脸的洗衣粉。我赶紧吐掉小勺，用爪子呼啦呼啦脸，又舌头洗脸，洗衣粉吃到嘴里可真难受。我赶紧拧开水龙头，凑到水流下面冲洗着，鼻孔吹出两个大大的泡泡。

虽然很狼狈，我还是成功地让洗衣机运转了起来。

花花回来后，如我所料的惊讶，觉得难以置信。我羞涩地低下了头。以后是男主外女主内还是女主外男主内，听你的，我都行。

## 花花


骨头竟然会用洗衣机！这可太让我意外了。我简直不敢相信。我拿起手机一边下达着各种指令，一边对着骨头拍着。

"骨头，衣服洗完了，把洗衣机关掉，天哪，你竟然真的做到了！"

"骨头，把冰箱里的面包叼出来。妈呀！太厉害了！"

"骨头，去把拖鞋叼来，太赞了！不行，我要来个高难度的，去，用遥控器开开电视。"

骨头跑到茶几边，用爪子调整遥控器方向，按下开关键。我被震惊得不知道该怎么夸它了。

"我的大骨头宝贝，你到底是小人还是小狗啊！"

我想抱着骨头亲一口，它还不给亲，跑了。

传说中的别人家的狗狗现在就在我家，哈哈，我可真开心。我何德何能啊，大骨头和小月饼每天都给予我那么多的快乐。

我牵着骨头抱着月饼走出单元门，准备去公园，又撞上小新。

"花花，我不是来催你的，是来帮你的。物业接到通知，××网站给正在找领养的猫狗拍宣传片，你要不要带骨头去试试？"

我接过小新递过来的宣传册子，看着，答应着，心里其实有些犹豫。跟骨头在一起时间越长，越舍不得送出去。可是不送出去怎么办呢？

小新开车带着我和骨头来到摄影棚的时候，宣传片已经开始拍摄了。一些家长和猫猫狗狗们都在摄影机后面候着场，我们也加入到里面，尽可能不发出响声。因为有哮喘病，对狗毛猫毛过敏，小新一进来就戴上了大口罩，即使这样，还需要时不时地往嘴里喷药。真是谢谢他，这么热心，这么爱动物。

摄影棚布置得特别简单，一块背景布，一把椅子。正在拍摄的是一个年轻女孩和她的牛头梗，女孩子在对着摄像机讲述着。

"他叫大眼儿,男孩。我在路边捡的,看见他的第一眼我还以为我眼花了,这不那大明星嘛……"

听到女孩的介绍,我和家长们都乐了。她说的男明星我也喜欢,在春晚上演小品戴着假发出场时,我都笑喷了。女孩子在上学,学校不让养狗狗,所以她想给狗狗找个家,找个爱他的爸爸妈妈。

女孩子拍完后,一个十八九岁的小伙子坐在了那把椅子上,怀里抱着一只大眼睛的小花猫。小伙子身材魁梧,穿着运动服,像是运动员。

"去年冬天,我在雪地上发现她的,冻得缩成了一个小毛球,喵喵叫得好可怜,一条腿还骨折了。我把她抱到医院,大夫说被打折的,腿保不住了,做了截肢手术。谁那么残忍,能对这样一只小猫下得去狠手,有本事冲我来!"

小伙子越说越来气,那份硬汉柔情特别的动人。

"我一直养着她,可是我妈不喜欢猫,不喜欢猫的眼睛。斗争了这么久,我输了,只好给她找领养了。我知道很难,她不是纯种,还有残疾。但是她更需要爱不是吗?"

小伙子说着亲了亲小花猫,看得出,他是真的舍不得。

一个中年男人牵着条雪白漂亮的大萨摩走过去,在椅子上坐下。萨摩乖乖地蹲坐在男人身边。

"她叫可可,两岁了,是从一个狗贩子手里救下来的。那时她一点点大,也就两三个月,被关在一个小笼子里,瘦得皮包骨头,身上全是跳蚤屎,还有皮肤病,狗贩子是准备拿她当繁殖犬的,她生病了不想给治,准备放弃她了。我要不是出国真的舍不得……"

男人说着说着哽咽起来,大萨摩探过头去安慰着男人。男人抱住萨摩,显然在控制自己,沉默了几秒钟,突然站了起来。

"对不起,不录了,我不出国了!"

我激动得哭出来。是的,换作我,也会做出同样的决定。

来到这里的每一个小动物都有过悲伤的故事,要么走丢,要么被抛弃,要么被虐待。好在哪里有伤害,哪里就有爱。

轮到我了,骨头不见了,大家一起找,才发现它正跟一只脖子上戴着蝴蝶结的大比熊鼻子对鼻子互相闻呢。这个家伙,在医院跟大黑猫聊,在摄影棚跟比熊聊,招猫递狗的,真不闲着。拽它上去录节目,它还老大不情愿,赖在地上不走。骨头的傻样,把现场的气氛调到了欢乐频道。

我说骨头会做家务没人信,只好把在家录的视频贡献了出来。

没想到的是,第二天视频播出后,在网上被大量转发,甚至一度上了热搜榜前十,真为骨头感到高兴。找到好的领养人看来不是难事了。

# 马谷子

做人做得那么努力没出名，随便做了几天狗竟然就成了网红。真是个奇怪的社会。我在狗界这么吃得开，都有点不想回去了。

花花带我来到节目录制现场录节目。花花坐在长沙发上，我蹲坐在花花身边，脖子上系着领结。几个女孩在背对着我们面对着镜头跳着莫名其妙的开场舞，忽然有个动作，大家集体回头时，把我吓了一大跳，以为见到了鬼，全都长得一模一样，一模一样，一模一样啊！如果你分不清哈士奇和哈士奇，那你一定分不清她和她和她和她。

主持人叫红姐，坐在一张桌子后，四十多岁，长着一双令人记忆深刻的丹凤眼。开场舞过后，红姐对着镜头说起了开场白，脸上挂着看穿一切蔑视一切的优越表情。

"大家好，这里是《网红驾到》，我是主持人红姐。

Every dog has its day。网络时代，每个人都有可能做一天网红。今天轮到狗了。欢迎二位。"

"谢谢。"

"红了的感觉怎么样？"

"哈，这个得问骨头，红的是它。"

花花摸摸我的脑袋。我吐吐舌头，表达着我的喜悦。花花带我和月饼去宠物店买粮食时，店主把我给认出来了，领结就是店主送的，花花不要不行，给钱也不行，还被合影来着。能被人认出来的感觉太好了。如果马谷子也能这么红，还愁没人给投资？花花也会因为我被人记住的，名人发传单遭白眼的几率会小很多吧。真开心能为她做点什么。

"你听起来很失落哦，理解。我问的就是它。如果它会说话，你就没必要来了，不是吗？"

咦，这个主持人说话不太客气哦。我收回了我的舌头。

"嗯，是。"花花依旧很有礼貌。

"接下来有什么打算吗？比如给骨头开个自媒体公众号，卖表情包，接软广告，再吸引融资，搞搞上市什么的？"

"我不知道您在说什么。我只想给它找个靠谱的领

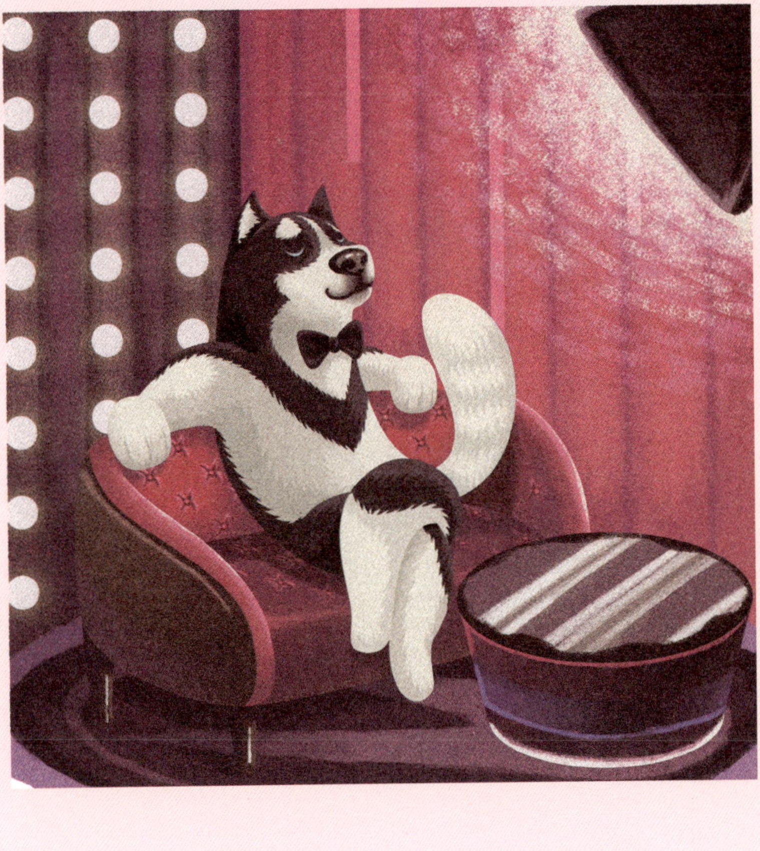

养人。"

"这么好的狗狗不自己养,却想找人养,怎么理解?"

"我有一只了,国家不许——"

"那好办,搬去郊区或者搬回你老家就行了。"

还没等花花说完主持人就插话。什么狗屁主持人,你到底是要采访我们,还是要我们听你说?

"我咋觉得不好办呢?这变动,太大了吧。"

"搬来不觉得难,为什么搬回去却觉得难呢?至少比大动干戈找领养容易很多吧?"

"您的价值观很新颖。我没大动干戈,就是拍了个视频,而已。"

回答得好,臭女人,你真的以为花花好欺负吗?

"好一个'而已',为拍这个视频,训练了几个月啊?"

"没训练。我捡到骨头才五天而已,它能做这些,我其实也很吃惊的,只能说明它太聪明了。"

"狗狗再聪明,也不过几岁孩子的智商。还是你聪明。"

她什么意思?

"您什么意思?"

"我们找到了你前东家马谷子先生的电话,想了解一下你被辞退的情况。可是留了短信他没回，冒昧打电话过去他关机了。"

所以呢？

"所以呢？"

"某宝上已经在卖你的同款拖鞋了。就是你让骨头在视频里叼的那双。借公益活动进行商业营销，会不会有点儿没节操？"

妈的，我被激怒了，花花却笑了。

"谢谢鼓励，那我今天继续。今天我推销的是我自己，我姓花叫花，二十四岁，单身，大专学历……"

哈哈哈哈，我喜欢花花的回答，太帅了。臭女人也明白自己占了下风，有点儿恼羞成怒了。

"我终于明白马先生为什么选择回避了。心机婊一词你听说过吗？"

靠！智商欠费就开始骂人吗？去死！我再也控制不住了，跑过去，跳上桌子，冲着臭女人低吼起来。臭女人吓得大叫着赶紧向后躲，结果整个人仰了过去倒在地上。工作人员赶紧上前扶救。我和花花趁乱跑走了。

事实教育了我，名人也不好当。我再想想。

## 李响

　　我是偶然间看到《网红驾到》节目的。据说这个节目在非常年轻的人群中很受欢迎。节目是直播,看来骨头从上海回来了。我赶紧拿起手机拨打电话。

　　花花在月饼和骨头的病历本上登记了手机,但没有留家庭住址。冒充主人领养骨头失败后,我让瘦子和胖子跟踪花花,找到了她住的小区。花花住的是楼房,入室偷狗几乎没可能。我一直关注着花花的微博,看到她开放了骨头的领养,我正琢磨着怎么找借口联系花花又不被她怀疑,就接到他俩的电话,说花花带着骨头上了私人飞机。

　　我托熟人,很快打听出飞机的主人叫赵火炬,飞机是飞往上海的。据说,花花只带了骨头上飞机,也没发现月饼被临时寄养,我基本判断对方是想领养骨头,而花花是去做家访了。让我想不明白的是,这个叫赵火炬的人为什么从上海巴巴地跑这么远来领养一条狗,我怀疑这事儿没这么简单。

骨头的基因结果证实我的猜测,它的体内,人类基因和犬类基因共存。看了下火炬资本的投资项目,涉足的领域相当宽广,难道说他也发现了骨头的秘密?我焦虑了。

我查出了赵火炬的家庭住址,安排瘦子和胖子直接开车赶过去,等在赵火炬家外观察情况。我参加完一个重要的活动正准备也赶过去时,就看到了这个节目。看来赵火炬没有发现大秘密。我松了口,赶紧联系瘦子和胖子,让他们立即返回。可是俩人的手机都关机了。应该是没电了。蠢死算了。

给花花的手机打了几次电话都占线中,看来想领养骨头的不少。不等了,我开车来到花花家小区。一个穿着物业工作服的小伙子正站在一辆车边,用袖子擦着车上的泥点,我走了过去。

"你好,请问是物业的吗?"

"是。您有什么事儿吗?"

小伙子长着蜡笔小新一样的眉毛,令人印象深刻。我郑重地递过自己的名片。

"我是贝贝乐宠物医院的李院长,这是我的名片。有一只叫骨头的哈士奇是住在这里吧?"

"把医院院长都吸引来了,骨头魅力真大。你找骨头有什么事儿,跟我说吧。"

小伙子一副可以替花花做主的样子。我还没说什么,就看见花花牵着骨头从单元门里走了出来。

"我还是直接跟花花说吧。"

我走向花花,骨头看见我转身想跑,被花花拽住。

"李院长?您怎么来了?"

"花花,你好。我打你电话你没接,只好亲自上门了。"

"不好意思啊,我的手机都快被打爆了,可能错过了。有事儿吗?"

"理解理解,出名的烦恼嘛……其实,上次骨头从医院跑走后,我挺内疚的,一直想找机会弥补下我的过失,现在机会来了,我来领养骨头吧。"

"啊……是个好选择,可惜你说晚了。我前同事的妈妈的上司的邻居的发小要领养骨头,我现在就送它过去,做家访。"

"也好也好。不如我送你们过去吧。"

"不用不用,在十三陵,好远的。我自己开车去。"

"那更应该送了。拜托给我个将功补过的机会吧。"

骨头一直瞪着我,听我这么说,忽然拽着花花就走。物业小伙子开开车后门,骨头跳上了车。

"真的不用。咱俩不熟,一路没话找话说会很尴尬的,更累。"

花花的话让我没法接茬。

我开着车,一路悄悄地跟着花花,看着花花开到一个农家小院门前停下,牵着骨头进了小院,我才开走。小院比楼房好。

## 花花

和平的家在十三陵水库边的一个小村子里。一进院子，我就被吸引了。虽然就是一个普通农家院，但是女主人和平用自己的一双巧手，把院子改造得特别有美感。菜地，花圃，养鱼池，柿子树，羊驼，花猫，公鸡母鸡，处处透着生气。我好爱这个小院，骨头看起来也很喜欢这里，它已经跟羊驼追着玩起来。

我首选和平做家访，不仅因为她是卷毛介绍的，更重要的就是被卷毛发过来的小院的照片吸引了。小院跟我小时候家里的院子有点像，但是更美，我想让骨头生活在这样的小院里。

和平是个看起来有点中性的女人，五十多岁，寸头，素着一张长满雀斑的漂亮脸蛋，黝黑，健康，打扮得很朴素但是绝对不含糊。

和平在晾衣绳上晾晒衣服，我帮忙在衣服上夹上夹子。晾衣绳拴在两棵大树上。

"这是柿子树。搬过来那年种的，五年了，终于结果了。吃不了的柿子都被我做成柿饼了。"

"自己做柿饼？还有吗？好想吃。"

"有，在地窖。等我一下。"

和平笑了，端着空脸盆进了屋，很快又出来了，手里拿着半根蜡烛。我跟着她走到院子另一边，地上有个用砖垒砌起来的井口，井口不高，盖着盖子，盖子上压了块石头。和平搬起石头，掀开盖子，用打火机点着蜡烛，举着，顺着梯子下去，我也跟着下去。

和平下到地窖里，用手里的蜡烛点着烛台上的蜡烛，地窖亮起来。地窖里储藏着各种东西，好新奇。听说过地窖，并没真的见过。可是不知为啥，下到地窖的感觉却像回到了小时候。

"地窖比冰箱好用。冬天的时候你来，这里的东西会更多。拿回家慢慢吃。"

和平从一排密封的小罐子中取了一个递给我。我打开罐子闻着。

"太香了！"

"走,再给你看点儿好玩的。"

和平带我进了屋。和平的家是农村的房子改造的,房屋很高,窗户很大,光线充沛。房间里布置得简单舒适。我们来到进门左手的房间,房间的地上放着一个大大的狗窝,金毛爸爸蹲在狗窝外,守护着,狗妈妈正在休息,刚出生不久的一窝小萌狗到处乱爬,毛茸茸胖乎乎软绵绵的。我被萌化了,心脏几乎承受不住,狗狗不是我生的,可我竟然有点儿想哭。

我负责擀皮,和平负责包包子。
"这儿离城里好远,你不用上班吗?"
"我做翻译,年轻的时候做同声,必须跟现场。现在主要接些文字的活儿,给一些外国电影翻译字幕。有网,在家就能干了。"
"这么自在可真好。一个人住,不害怕吗?"
"家里这么多口呢。小偷敢来算他倒霉。"
和平把我逗乐了,就是,谁说她是一个人住,这么多口呢。
"你没结婚吗?"

"他走了，癌症。"

我不小心戳到了她的痛处，赶紧说对不起。和平特别淡然地笑笑。

"没事儿，都走了二十四年了。你呢，这么漂亮，有男朋友了吧？"

"分手了。好了三年，准备要结婚了，突然有个女人大着肚子找上门来，说孩子是他的。而他也认了。他说生命苦短，一次只谈一个是对生命的不尊重。"

说到过去的事儿，我依然很介怀，没法做到和平那样的淡然。

"我比你多活了三十年，见过更多的人和事，他会为自己做过的事付出代价，早晚。没人躲得过。"

和平说出来的话我信，但我有我的心病，我怕了。

"有句话你说得好，认识越多的人，就越喜欢狗。我宁愿跟我的狗狗生活一辈子，它们不会辜负你。"

"狗狗不会辜负你是一定的。但是碰见一个人渣就认为自己了解了人生可不行。你得有勇气去碰。躲起来什么都得不到的。我不就遇见过对的那个吗？你也会遇到的。"

真的吗？但愿吧，和平说出来的话我信。

那天的包子特别好吃，和平吃了三个，我吃了五个，把剩下的全都带回了家。和平让我下周末再来,她会包饺子,真有点等不及了。

　　我把骨头留在了那里,以后我会常去的。我喜欢那里,和平也喜欢我。

## 马谷子

听花花跟和平讲她自己的故事，我百爪挠心，真想上去抱抱她，告诉她别怕，有我。就是这个八十多斤的瘦小的女孩子，在我有被安乐死的危险时，把我领回了家，在我走丢的时候，愿意拿出全部的积蓄换我，在有人拿着剪子冲向我的时候，她保护了我。我是从哪一刻开始爱上她的自己也不清楚，也许真正的爱都是这样润物细无声吧。惭愧的是她做的一切都是为骨头，不是为马谷子。等我变回马谷子，我一定努力做一个值得她爱的男人，爱她保护她，再也不让她受到一点儿伤害。

今天夜里就能变回人了，现在是六点，到十二点还有六个小时，真有点儿等不及了。

花花回家了。天黑了，院子里特别安静。小动物们都各自睡下了，我睡在院子里，打着小呼噜。和平检查了院门，关了院子的灯，进了屋，在书桌前坐下，戴上耳机，点击播放，电脑上被定格的男主角表演起来，是部原声美国电影。和平一边看，一边翻译着。

我没睡着，站了起来，走到院子里晾晒衣服的地方。白天我就看好了晾衣绳上的内裤。虽然是女士的，但总比不穿好吧。我叼下内裤，手忙脚乱地也穿不上，正琢磨着要不变回人后再穿，身后冷不丁有人说话。

"我帮你吧。"

我吓了一跳，回头看，是金毛，这就有点儿尴尬了。

"不用……不好意思……那好吧……我，是忘带睡衣了……"

金毛爪嘴并用，一通忙活，终于帮我穿上了内裤。这场面其实挺暧昧的，它可是男的啊。

"我都帮你穿过内裤了，你还不准备跟我说实话吗？"

我愣了，没想到它也是人变的。

"我1988年的，以前是单位的小头头。变狗狗三年了，要不是你，我都忘了还做过你们人。"

"人能活到八九十岁，狗才能活十几年，不亏吗？"

"想过吗，为什么只有人在出生的时候会哭？"金毛不正面回答我的问题，反倒甩给我一个哲学问题。年轻肤浅的我当然回答不上来。

"因为他知道苦日子开始了。上学，考试，工作，考核，失业，失恋，失眠，生病，焦虑，压力大得很，真正开心的日子加起来超不过十年。做狗亏吗？不亏。"

金毛有金毛的道理，但我现在不这么想了。如果你爱他，你就让他变成狗，因为可以逃避做人的艰难；如果你恨他，你就让他变成狗，因为可以剥夺做人的意义。我是因为做人做得太累，才羡慕狗狗的。可是这七天，我见识了有钱人的生活，出过名，流过浪，也被人无私地爱过，终于想明白了一件事，狗狗比人过得快乐，是因为它们要的少。我累我不快乐是因为我想要的太多。

记得上学时学过一个经济学的幸福公式，幸福＝满足／欲望。欲望越大，要的越多，满足感就越小，幸福感就越低。看起来特别简单的道理，我却直到今天才想明白。名和利并不一定使人感到幸福，而对这些身外之物的追逐不仅没有尽头，还会耗尽你几乎全部的精力，反而忽略这路上最重要的东西，那就是对亲人对身边人的爱。他们会变老，他们会离去，有些爱过时不候。

嗯，变回人后第一件事就是要对自己来个断舍离。

道理指导不了人生，就像理论指导不了创作一样，摔几次跤啥都明白了。

"可是，你的家人呢？他们见不到你不着急吗？"

"他们没本事让我当富二代，凭什么拦着我追求幸福？"

也对。

"可是我还有爸妈，而且，我喜欢上了一个女人，我想照顾她，一辈子。"

"是今天送你来的那个女人吗？"

"是。"

"有眼光。"

"没有。别提了，要不是这七天，我根本发现不了她的好。我觉得我以前就是一睁眼瞎，好像什么都看见了，其实该看见的都没看见。也不知道一天到晚都在忙什么。"

"挺好，不枉做一回狗。祝福你。人各有志。要走赶紧走吧，再晚来不及了。"

"走，去哪儿？"

"你不会以为，流星会来这儿找你吧？"

"为什么不会？只要我到点大喊三声那啥——"

"傻兄弟，他们服务没那么好！你得回你变成狗的地方！"

咔嚓！晴天霹雳啊！以我的速度，想在十二点之前赶回公司根本不可能啊！怎么办？就在这时，我和金毛都听到了院子外面的动静：有车开来，停下，有人下车，走到院子外，徘徊着，我闻出了来人。

"是李响。"

"你也认识他？"我吃惊地看着金毛。

金毛点点头。

"原来他不止对我一个人的下半身感兴趣。"

"你错了，他感兴趣的是别的。三年前，我变成狗后，爸妈想让我过上好日子，到处托人，终于给我找了个好人家。人家想知道我是不是纯种，我爸妈就送我去医院测基因，结果被李响发现了我的不同。"

正说着，突然一根肉条从院外飞了进来，落在我和金毛面前的地上。金毛伸出爪子按住肉条，我用爪子在地上刨坑，我俩合伙把肉条给埋了。

"李响跟我爸妈说，做检查的时候不小心让我给跑了，他很抱歉，愿意赔偿一切损失。他说这话的时候我就在检查室躺着，被打了麻药，听得很清楚。醒来后，我发现自己被带到了一个地下室一样的地方，生不如死的日子也开始了,李响每天在我身上进行各种实验,电磁,针刺,抽血。我已经很绝望了。有天又被注射了不知道什么东西,昏迷过去,醒来发现竟然躺在一个山谷里,四处都没人。到现在我也不知道到底发生了什么。"

"明白了,李响找不到你,结果发现了我,于是想把我抓走做实验。他上来了,你不要现身了,免得被他发现,连累了刚出生的宝宝。"

李响从墙头上慢慢探出头来的时候,我已经躺在地上假装睡觉了,四仰八叉,呼吸沉重。

李响身上斜挎着一卷绳子,双手用力支撑跳进院子。院子里靠墙根前放着个搁农具的架子,李响跳下来,踩到一块木板,木板的下面垫了块砖,另一头插在农具架子下面。根据杠杆原理,农具架被掀翻倒下,将李响拍倒在地,铁犁耙的犁耙爪正好扎到李响的屁股上。李响疼得龇牙咧嘴想喊,终于还是咬住自己的手腕忍住了。

嗯,一定很疼。我蹲坐在他跟前不远处冲他吐着舌头。李响看见我,挣扎着起来。我转身就跑,他抓起个农具跟在后面追我。我跑到房子右侧,猛地转弯,李响追过来,跟着转弯,结果一头栽进鱼池子里,农具也飞了。我站住,看着鱼塘里的李响,差点笑出声来,他从水里站起来,浑身湿透,嘴里还叼着条鱼,哈哈。要是能有人把这个拍下来发到网上,一定分分钟上热搜。

我看他迈出鱼塘,撒腿又往回跑,跑向院子的另一头,边跑边回头看,担心李响没跟上来。还好,李响跟在后面,真是个听话的好孩子。

我跑向地窖所在的方向,地窖口的盖子已经被掀开了,我轻松地跃过地窖口。李响不清楚状况,追到地窖口边缘了才发现,赶紧站住,使劲倒腾着胳膊往后仰身,不想掉下去。金毛从黑影里走了出来,在李响背上用力一推,李响掉下地窖。

羊驼被我们的动静惊动了,跑过来看着,高兴地欢蹦乱跳的。就它那智商,能看明白啥啊就瞎跟着高兴。我喜欢这个性格。

"你大爷的!我弄不死你!"李响在地窖里闷声闷气地不知道在跟谁说话,祝他过得开心。

就在这时,我和金毛听见了和平开屋门的声音,赶紧各自找地儿,躺下装睡。我眯缝着眼睛观察着。

和平走进院子,四下看了看。羊驼不知道装睡,看见和平走出来,欢快地跑过去卖萌,顺带着背了锅。

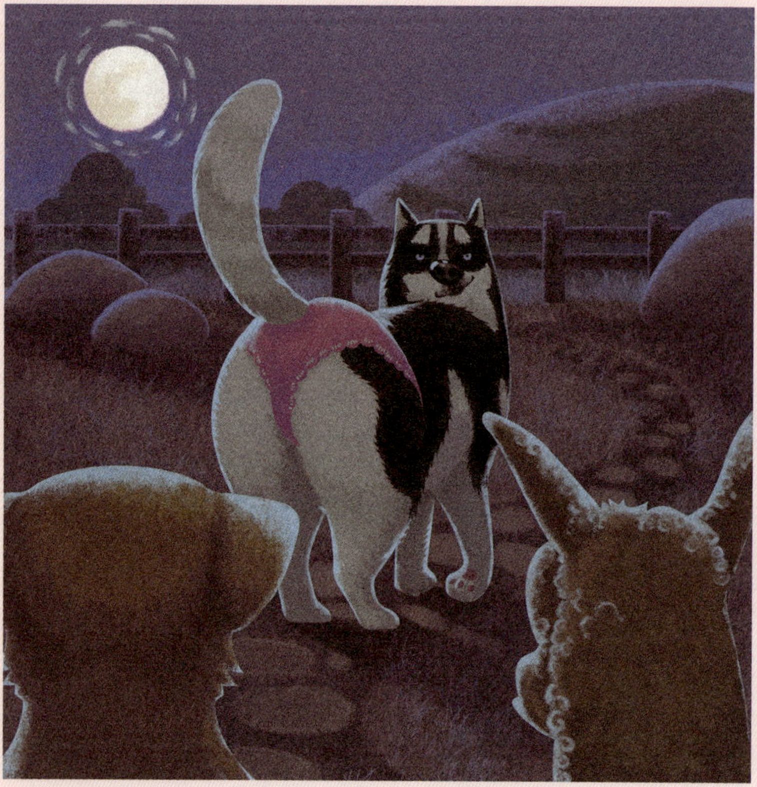

"你个淘气家伙,大半夜的怎么还不睡觉?"

和平爱抚地抱抱羊驼,走过去扶起农具架,盖上地窖盖子,把石头压上,返回屋里,关了灯。

我听着李响爬出地窖,一瘸一拐地走出院子,关上院门,还不忘把翻墙头时搬来的砖搬回了原处,是个讲究人。李响开门上了车的驾驶座,刚坐下就"嗷"地叫了一声,估计是屁股疼。皮卡发动,车开走,我在皮卡后车斗里松了口气。

车毕竟比狗跑得快。我窝在卡车车斗里,专注地看着头顶上掠过的路牌。在一个路口,车遇红灯停下,我纵身一跃跳下车。

"谢谢了!再见!"我冲着李响大声喊着。

李响听见狗叫,赶紧探出脑袋来看,看见我直接惊到,连忙掉头,我已经跑远了。

这里离公司不远,我在无人的夜路上狂奔着,跑到写字楼跟前,为了防止被保安发现,我选择从地下停车场上楼梯。我推门走进公司,有人在加班,我悄悄走到卷毛座位边,拉开抽屉,叼出一把钥匙,走到自己办公室门口,费劲地将钥匙插进钥匙孔,开门,走进去,关上门。

　　走进里屋,拧亮床头柜上的台灯,闹钟显示:11:59:40。我松了口气,蹲坐下来,等待着。闹钟显示:11:59:50。我站起来走到窗边,刚要喊,突然"哗啦"一声响,一个黑影撞碎玻璃窗,冲进屋来,摔倒在地。

　　我吓一跳,定睛一看,正是那怪模怪样的玩意儿,打着酒嗝,醉醺醺的。

　　"靠,吓我一跳。你还会喝酒啊。"

　　"不是喝,是被泼。快喊啊……"

　　"你都来了,还喊啥喊?又不是啥好话。"

　　"还想变不……想变快喊!就'我是笨蛋'那句,快!5、4——"

　　"3、2、1!你丫耍我啊。没门!"

　　"哎,晚了,完了,变不了了,走了……"那玩意儿要走,脚下拌蒜,摔倒。

　　"走?还没把我变回人呢,不能走。"

　　"变不了了,错过时间了。"

　　"错过啥时间啊,咱俩不在这儿呢吗?"我看看表,12:01了。

　　陨石终于再次站起来。

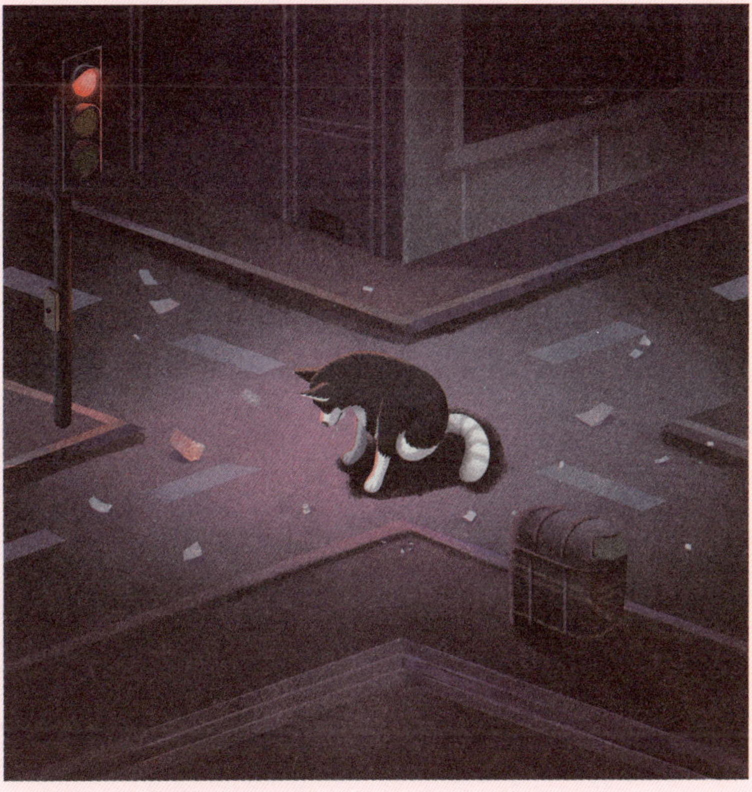

"你不喊，我的能量没法启动。能量没启动，我拿什么给你变？"

"你大爷！我还以为你让我喊是为了把你喊过来呢！"

"你以为！做狗做七天了，怎么还没学会相信？没得救了，走了……"

"不许走！"

我赶紧扑过去抱陨石，却抱了个空。有人敲窗户，抬头去看，陨石已经站在了窗外。

"拉拉扯扯的不好……其实吧，也不是不能变回去，但是超过规定时间了，只能靠自己置之死地而后生……多了不说了，泄露天机了……"

"喂，什么意思，别走啊……喂！"

我趴在窗户上，绝望地挠着玻璃，恨不得冲出窗外，可是那玩意儿已经消失得无影无踪了。

难道真的就这样一辈子只能做狗了？我真的是想死的心都有了。夜深人静，路上偶尔有车辆经过。我站在街边，看着从面前经过的车轮。那玩意儿说置之死地而后生，自己结束自己应该不算。如果就这么死了，却不能生，我就再也看不见花花，看不见爸爸妈妈了。

## 花花

睡到半夜，忽然就醒了，拧亮台灯，看看表，才4：31。我摸过手机，躺在床上看着骨头的照片。还真有点儿想它。不知道它在新家的第一个晚上睡得好不好，会不会也有一点点想我？

月饼睡在床上，突然醒过来，竖起耳朵听了听什么，然后跳下床，跑向家门口。月饼跑到家门口，在门缝使劲地闻了闻，扭头冲着我叫起来。这么早，除了塞小广告的，还能是谁？小偷？我下了床，走到家门口，从猫眼看看，没人。月饼着急地挠起门来，我开开门，骨头竟然蹲坐在门外。

什么情况？我正想给和平打电话呢，手机响起，和平打电话来了。她起床发现骨头不在，很着急，听说骨头在我这儿，跟我一样感到不可思议。六十多公里，它竟然自己找回了家。

　　骨头看起来情绪不太好,回家后就一直趴在那里不吃不喝不玩。也许是累的,当然也许是生我的气,怪我送它走。我不会再送它走了,大不了,我搬家还不行。

## 马谷子

花花拿着一些柿饼出门了,我坐在电脑前,点击微博页面,输入密码,进入自己的微博账号"超级无敌至尊王者"。注册微博后,我从来没发过微博,只关注过几个新闻账号,粉丝除了一个新手指南,还有的两个估计是所谓的僵尸粉。

我费劲地敲着字:倒霉催的,变成了狗,求变回人。急,在线等。

没有粉丝,我只好@了一些大V,并主动跑到人家微博里留言,希望能被发现。

果然被发现了,有大v转发了我的微博,并留言评论:倒霉催的,变成了人,求变回狗。急,在线等。

在大v的微博下,瞬间有了更多的留言:

——今天累成了狗,明天再救博主。

——单身狗同求救。在线等。比博主急。

——吃的不如狗,过的不如狗,羡慕博主。求变成狗。

——是流浪狗,还是有钱人家的狗?

——无聊!去死!已举报。

好吧。

## 花花

和平自己做的柿子饼真的太好吃了。我拿了一些,送去给卷毛,虽然骨头领养没成功,但还是要谢谢他,和平真是天下最好的领养人了。卷毛到写字楼楼下来见我,他说刚接受完警察的问讯。马谷子失踪七天,办公室里屋的窗户还被砸破,他报了警,警察已经立案侦查了。这真是太令人震惊了。

"他有什么仇人吗?"

"没有。马总人挺善良的,虽然有时候脾气急了点。"卷毛忧心忡忡的。

"你说这七天,你们一直没有电话联系过?"

"对啊,他走的时候发微信给我说用邮件联系,我就没敢给他打电话。发现窗户被砸了,才给他打,结果手机关机。你猜怎么着,警察在马总床头柜底下发现他的手机了，他没带手机走。"

"他是不是有别的手机？"

"就我知道没有了。就一部，一个号。"

"能走七天不带手机，确实太奇怪了。现在的人，离开手机一会儿就会慌的。"

"我也想不明白。但是他肯定活着，回过我几次邮件呢。"

"那就好。也许他是累了，想休息一下呢。"我松了口气。

"马总是太累了，他根本就是个工作狂。我几乎每天早晨醒来都能接到他的邮件，时间经常是凌晨三四点，等我到公司的时候他已经开始工作了。对了，忘了他跟你发脾气了。"

"我也不是没错。"

"你知道诡异的是什么吗？他人不在，手机在，还发微信给我，这不是见了鬼吗？当时屋里就那条狗在，我是说骨头。说是骨头主人发的也不可能，没人啊。对了，我跟警察说骨头在你那儿了，他们要是找你你别太意外。"

我回到家，警察已经等在家门口了。一个岁数大点的，姓周。还有一个很年轻。他们说，马谷子刚刚发微博了，登录的ID地址是我家？这也太诡异了吧。

年轻警察走到茶几边，对着笔记本电脑拍照。

"就算我是电脑黑客，破译了马谷子的密码……"

"很显然你不在场。"老警察说着走过去查看窗户。

"难道我家进外人了？你可别唬我。"

"从小区监控看，没有。"老警察离开了窗户。

"那就好。可是，就它俩在家，总不会是它俩上的网吧？"

骨头和月饼趴在床底下，老警察看看骨头。

"骨头要跟我们走一趟。"

"警察叔叔，您在开玩笑吧？骨头确实挺聪明的，能听懂好多话。但是你要说它不仅会上网，还能破译马谷子的密码，怎么可能？除非它是马谷子变的。对了，马谷子的微博说了什么？"

"他说自己变成了狗，求搭救。"

"啊！这也太魔幻了吧！"我起了一身鸡皮疙瘩。我看着骨头，怎么也想象不出它会是马谷子变的。

"目前还不清楚，要带回去做调查。我们需要保存证据……啊，证物……证人……"老警察突然陷入了定义的困境。

"我知道这不可能,但是想想暴躁马谷子变成二哈,还是挺过瘾的……"

说完我就后悔了,我觉得自己太恶毒了。可是,其实也不恶毒,狗狗多可爱啊。我也不知道我到底想说什么,有点儿乱。

"我女朋友也希望我能变成小狗天天陪她呢。笔记本电脑我们要带走,麻烦签个字。"

年轻警察将我的笔记本电脑装在塑料袋里,走过来递给我一张确认单。我看了看,签了字。

"还有骨头,也要带走。"

"这个不行。骨头今天早晨从领养人家跑回来后,一直不吃不喝闹情绪。该调查啥调查啥,但是我不想再让它离开我了。"

"你没给骨头上户口,也上不了户口。所以严格地说,骨头不是你的狗。你阻止不了我们带它走。"

我还真就卡壳了。

"好吧,但是调查完要给我送回来,我会数寒毛的。"

"送回来可以,但是你得符合领养条件。"

我被闷在那里。郁闷说的就是我此时此刻的感受。

骨头被牵上了警车,它透过警车的后车窗一直在看我。我一定得把它领回来,一定。首先要赶紧跟房东说说,这个房子不租了,看能不能退回我些钱,不退我也不租了。我要搬到不限养的地方去住,哪里不限养去哪里。

小新看警车走远,走了过来。

"花花……别难过啊……领养不出去不怪你的。"

"跟你的举报人说,他可以安息了。"

小新以为骨头被带走是因为被举报,我没有多解释,也不知道怎么才能解释清楚。

## 马谷子

我被带到了派出所,被安置在老警察办公桌的后面的笼子里。月饼问我,我会打字,为什么不告诉警察叔叔我是人变的。我不想说,说了没用,警察叔叔和科学家都不能把我从狗变回人。万一传出去,马谷子还得被大家笑死。我想我爸我妈了,该怎么跟他们解释这一切呢?

突然,我竖起耳朵,听见了什么,一个激灵站了起来。一对六十多岁的男女在年轻警察的带领下走了过来,脚步凌乱踉跄。来的正是我的老爸老妈!

我爸妈显然都哭过,憔悴得不像样。老警察站起来给他们让座,他们不坐。

"警官啊,一定要找到我儿子啊……求求你了!"

"这孩子打小就要强,但是心肠好没伤害过谁。"

"全怪我,打小就逼着他出人头地。他太辛苦了,还没过几天好日子呢，不能就这么没了。"

"只要能找到他，让我们做什么都行！这是我们老两口的银行存款，这是房产证，全给你们！"

"只要他好好地回来，就是要了我们的命都行啊！"

"叔叔阿姨，这些都不需要，一分钱都不需要，您放心，我们——"

老警察话还没说完，我老妈已经哭得晕厥过去。老爸赶紧抱住她。

"把人放平！按人中！拿救心丸！叫救护！"

老警察很有经验地指挥着大家。

我疯狂地挠着笼子，想冲出去抱抱我的妈妈。

"妈妈我在这儿！放我出去！放我出去！"

但是没人理我，我只能眼睁睁看着老妈被担架抬走。泪水模糊了我的双眼，我恨我自己，恨不得一头撞死，我他妈的这是在干什么！干什么！

老爸老妈刚走不多会儿，李响来了。原来他是分局特聘的动物行为专家。我想起了金毛说的话，连忙大叫着揭发他，可惜没人听得懂。瘦子和胖子用随身带来的麻醉针制止了我的狂躁，我在昏迷中被他们抬上了车。

## 花花

我在一家房产中介公司找到了想要的房子,约好明天去看房。刚走进小区,就碰上了小新。他好像一直在等我。

"对不起,花花。我骗了你,根本没有什么举报人,是我瞎编的。但是我发誓,我没给警察打电话。他们突然来带走骨头我也很意外的。"

"这事儿跟你没关系。"

"谢谢你花花,你真是太好了。二胎都放开了,二狗也不会远了。你和骨头一定会等到那一天的。"

"谢谢你。我已经找到房子了,有点远,那里不管这么多。"

"你要搬走吗?别啊!那什么,我可以先帮你领养着。其实我去过派出所了,想领养骨头,我的就是……就是你的……但是可惜,骨头被那个院长带走了。就是那天来这儿的那个李院长。"

骨头不是被带去派出所了吗,怎么被李院长带走了?

"你确定吗?"

"确定。你看,我拍了视频。"

小新把手机拍摄的视频递给我看。我看着视频,看到了李响,看到一个瘦子和一个胖子在把一个大笼子抬进吉普车的后备厢。我突然觉得哪儿不对,赶紧定格,放大看着瘦子和胖子。没错,就是冒充骨头主人的那两个人,他们怎么跟李响在一起?

跟周姓警察确认过,李响是来协助调查的,骨头被李响带到了宠物医院的动物行为研究所观察。我不知道该怎么跟周姓警察解释我的怀疑,决定亲自到宠物医院看看。

我搭乘电梯到了宠物医院顶层。电梯门开开,迎面墙上,"动物行为研究院"几个字十分醒目。免得被李响撞见尴尬,我戴了副大大的口罩。

电梯并不在走廊正中,电梯右手的走廊更深更长,房间更多。我下了电梯右转。有工作人员在走廊里走动,没人在意我。走廊两侧的实验室门上都有一个玻璃窗,我透过门上玻璃窗挨个向房间里看去。没有。没有。没有。突然,一扇玻璃窗里露出一个二哈的脑袋,鼻子压在玻璃上,冲着我做着夸张的鬼脸。我看着那狗狗,有点纳闷。有工作人员走出来,看见二哈笑了。

"你个傻骨头,又卖萌呢?"

工作人员说完走开了。我凑到窗边,作状去亲那二哈,二哈开心地用舌头狂舔玻璃。宝贝,你不是我的骨头。可是我的骨头呢?

## 李响

骨头被送到了秘密基地实验室，正在进行核磁共振检查，扫描的结果将同步呈现在我面前的电脑屏幕上。从马谷子办公室浴缸里找到的马谷子的头发也正在监测中。我耐心地等待着。

从农家小院回来后，我还真担心再也找不到它了，那份绝望没人能懂。没想到，得来全不费功夫。谢谢上天的安排。功夫真的不负有心人。

扫描结果慢慢呈现，竟然是一个男人的身形。同时，马谷子的基因监测结果也出来了，我走出办公室。

开车刚离开医院，我就发现有车跟在我后面。这车我熟悉，我曾经跟着它去过农家院。开车的是花花，就她自己。她怎么会跟来了呢，她发现了什么，又想干吗？

我将车开进乡村小路上,这里车少路黑。花花也跟着开了进来。太好了。我将车拐进一条狭窄的小土路上,土路两边是高粱地,我关了车灯,一个猛子扎进高粱地里。

花花的车也跟着拐进小土路,刚停下,我手里拎着铁拐把从高粱地里走了出来。花花看见我,显然是被吓到了,赶紧倒车。我大步走过来,抡起铁拐把砸向驾驶座旁的窗户。窗户没能一下砸碎,花花使劲踩着油门倒车,想甩开我。没门!我一边跟着车跑一边继续砸车窗。玻璃终于碎了,我抓住车窗框,一使劲,半个身子蹿进车内,抢夺方向盘。花花还想反抗,被我一拳击昏了过去。

我的车后备厢有一捆绳子,是上次去农家院时准备捆绑骨头的,正好用上。我用绳子将花花手脚捆住,又用医用手套塞住她的嘴,将她扔进车后备厢。想坏我的事儿,做梦!

我将车原路开走。我的秘密基地实验室不在这条路上。在山里。深山里。

我将车开到深山荒僻处一座孤零零的院子前,闪了下车灯。看门人从门卫室里探出头来看了看,开开大铁门。

这是一处地下工厂,生产冰毒的。我偶然经过看上了这个地方,就把工厂举报了。工厂被取缔后,我以做医院库房的名义,把厂房买了过来,改成了秘密实验室。平时由不识字的哑巴和一条田园犬看守。知道这里的除了我,还有瘦子和胖子。

我将车开进院子,停下。院门重新关上。我下了车,开开车后备厢,冲哑巴挥挥手。花花已经醒转过来,眼神中满是惊恐。哑巴扛起花花,跟着我走向仓库。仓库很高,铁门很大,我走过去,推开门。

哑巴跟着我走进仓库。仓库没有窗,堆满巨大的货箱,只有几盏挂满蜘蛛网的壁灯发出昏黄的光。我在货箱中间穿行,走到墙边站住,从木地板上掀起一块木板,一个台阶显现出来,下面更亮。我顺着台阶下去。

地下的景象跟地上完全不同,宽阔,亮如白昼,洁净如新。我为我的实验室购置了各种现代化的医学设备。

我走到观察室门口停下,哑巴将花花扔到一个椅子上就走出去了。瘦子和胖子正在仪器前忙着,看见花花,都露出意外的神情。骨头浑身插满管子,躺在实验室的床上,迷迷糊糊地看见了花花,想叫,但是嘴被封住了。花花看见骨头,起来想冲过去,忘了腿脚被绑着,摔倒在地。

好激烈的见面。我好像从来没有为这种事情动过感情。没有意义。我走过去,把花花扶起坐回椅子,拿下堵住花花嘴的手套。

"你想把骨头怎么样?!"

"不!导师!不要告诉她!"我还没说话,瘦子先急了。

"怎么,怕她知道了走不出这里?"

"不是的导师,这么重要的秘密还是就咱仨知道比较好。"胖子也表态了。在我这里,慈悲是科学精神的死敌。我为我的两个学生遗憾,他们永远也成不了一流的科学家,永远。

"不!我想知道!"这个丫头有点意思,自己明明还慌着神儿呢。

"大气!来都来了,走是不可能的了。我在研究怎么把人变成狗。"

花花听到我的回答愣了,看起来特别吃惊。我喜欢这个反应,这也是我第一次跟一个普通人说到我的实验,反应越吃惊越说明实验的意义所在。

"做梦!"花花说。

"我曾经也这么认为。三年前,一只人类犬类基因并存的大金毛让我产生了这个想法。可惜它逃掉了，更可惜的是，它的基因数据也莫名其妙地没了，搞得我经常怀疑自己产生了幻觉，以为是在做梦。还好骨头出现了，让我的跨物种基因移植实验有了配型的依据。"

"你这也，太丧心病狂了！"

"我喜欢你这个词！科学需要的就是这种丧心病狂的精神！在科学面前，在真理面前，一切都无足轻重。"

"疯子！你就是个疯子！"

"马谷子这个名字你一定不陌生吧？"

"怎么突然提到他？他的失踪跟你有关？"

"不，严格地说，马谷子的失踪跟骨头有关。基因匹配结果显示，骨头就是马谷子。"

花花蒙掉了。

"这怎么可能？我是在做梦吗？骨头，你如果是马谷子变的，就眨两下眼。如果不是，就不眨。"

骨头眨了两下眼，花花突然眼神迷离，陷入一片茫然。信息量对她来说确实太大了，理解，但是我还需要再跟她说点儿别的。

"马谷子几天前还活着，知道这意味着什么吗？"

花花面无表情，胖子和瘦子则懵懂地摇摇头。

"这意味着，跨物种基因移植不需要从胚胎发育开始，而是可以在生命进程中的任意时段进行。所以，我决定跳过动物直接在你身上做实验。"

我话音未落，瘦子和胖子就被吓坏了，骨头也哀嚎起来。

"导师，咱们还是慢慢来，至少，至少先在其他动物身上——"瘦子又开始滥发慈悲。

"不，我等得太久，不想再等了。"

"可是，如果不成功，她可能会变成怪物或者死掉的。"胖子跟瘦子永远都是一唱一和。

"当然。那，你们俩谁打算替换她呢？"

胖子和瘦子都不说话了，花花还在茫然中。

## 马谷子


李响面对着墙在打坐。瘦子和胖子在做实验前的准备。而我,依然躺在床上,四肢被束缚住,身上粘着各种线头,一动也动不了。

是时候回顾自己的一生了:我抢过同行的生意,让三个女友结婚梦破灭,没借钱给朋友,没常回家看爸妈,在电梯里放了屁立即看别人。我改还不行?我想我爸妈,不想失去花花。我前世做了什么孽,竟然害得自己爱的女人跟自己一起遇难,我前世修了什么福,竟然有心爱的女人陪我一起遇难!如果能够活下去,我一定好好地爱她,每天变着花样宠她,宠得她作威作福的,最好再闯点儿祸让我来给她收拾烂摊子,我会让她知道,我对她的爱是经得起考验的。可惜,没有机会了。

我正想着,突然听见了什么,是通往地上的木板被轻轻地推开了。看门的田园犬大妈,她来干吗?田园犬从我身边走过没停,轻手轻脚地走向了花花被关的方向。

## 花花

是在做梦吗？我听到见到的一切，已经超出了我的理解范围。我一定是在做梦，明天醒过来，我会发现自己正在家里的小床上，身上盖着碎花小被子，月饼依偎在我身边，打着小呼噜。

我看着李响和瘦子和胖子一起做好各种实验准备后，李响去面壁打坐，瘦子和胖子则穿上专用工作服，走进无菌室杀毒清洁，然后打开紫外线灯辐照杀菌，定时三十分钟。也就是说三十分钟后，我就要被推进去，作为活体标本进行实验了。我不知道该怎么理解这个实验，也许跟当年日本731部队的实验有一拼吧。也许很快就死去没了知觉，也许会生不如死。

我非常害怕，一直在发抖。我没哭没喊，因为知道哭喊没有一丁点用，尤其在没有人能听到的地方。当然，不哭喊也不会对现在的状况有任何帮助。我能做的似乎只有等待了。

在这个世界上，我唯一的牵挂，或者说这个世界上唯一牵挂我的就是月饼了。奶奶去世后，它每天卧在奶奶的床头，好多天都不吃不喝。这次忽然再也见不到我了，它不知该多难过啊，想着心里就跟被刀剜了一样疼。小家伙晚饭都还没吃呢，以后谁会收留它呢，还是会变成一条流浪狗？不敢想。

骨头竟然真的是马谷子，虽然我还没办法一下子接受这个事实，但好像不接受也不行了。怪不得它从马谷子的办公室跑出来，怪不得穿着内裤，还有洗澡的时候，这个不能想下去了，太不好意思了……好吧，另起一行吧，怪不得它听到绝育会跑，还会做那么多的家务，怪不得我亲它它会跑，还有它的眼神，总觉得它能听懂我说的话。

我想起了我的微博。那天我起床上微博，忽然发现有人把我所有的微博都看了一遍，从第一篇到最后一篇，并且在每一篇上留下了他自己的痕迹，不是点赞，就是留言说对不起，或者加油或者说他想照顾我，保护我。我去他的微博看了，什么也没有，以为不过是个深夜失眠患者在抽风。警察说起我才知道，那个微博 ID 是马谷子的。一直没明白他为什么忽然对我感兴趣,现在才知道,原来他就是骨头。

我是为救骨头冒险跟踪李响的,如果是为救马谷子,我还会这么做吗?不确定。我现在有点不能把他们俩分清楚了。

我正蜷缩着坐在玻璃屋角落里想心事,田园犬突然出现在我面前,吓了我一跳。田园犬用爪子去拨门的插销,原来是来救我的。我放松下来。插销拨开,我推门走出玻璃屋,跟着田园犬蹑手蹑脚地往外走。瘦子和胖子在打盹儿,李响还在打坐。

田园犬径直走向楼梯出口,我没跟上来,我得去救马谷子,哦,不,救骨头,虽然我依然怕得浑身发抖。

我悄悄走近骨头,因为紧张,手脚不听使唤,不小心碰到了它身上跟仪器的连接线,仪器发出轻微的"滴滴"声,我赶紧站住,吓得差点昏厥过去。瘦子和胖子醒了过来,看见我后,俩人互相对视了下,关掉了那仪器。李响还在入定中,没有醒过来。

我稍稍松口气,一把水果刀滑到脚下,抬头去看,瘦子和胖子已经离开座位,走进了卫生间,关上了门。谢谢他们。我拿起刀子，凑到骨头跟前。

"混蛋，跟我同吃同睡那么多天，要不是看在骨头的份上，救你我是你孙子！"

我一边说着，一边用刀去割拴住骨头四肢的绳索。

## 马谷子

花花可以自己走掉的,但是她没走,她来救我了。绳子割断了,我跳下床,正要跑走,却发现花花没跟上来。花花走到一台电脑前坐下了。

我走过去,看花花在桌面上抽屉里寻找着什么,终于找到个 U 盘,插进电脑主机里,飞快地操作着,看起来特别紧张特别慌。她是要搜集证据。

"我知道你能听懂我的话,趁他没醒,你赶快走!"

我当然不会走。虽然没有办法阻拦她要做的事,但是我愿意陪她一起共进退。花花也顾不上再说什么,继续操作电脑,将电脑中的文件,全部转存到 U 盘。电脑开始读取数据,保存 8%。

我能听到花花的心剧烈地跳动,我能看到她的手和腿都在发抖,但是她却做着电影里英雄才会做的事情。我也要像个英雄一样保护我爱的女人。我蹲坐下来,看着端坐不动的李响背影,不禁有些好奇,按说动静不小了,他怎么还没醒,是死了吗?

"这孩子,一旦入了定,根本醒不了。但是他的生物钟特别准,一旦睡前想好几点醒,一秒钟都不差,准醒。"

田园犬走过来,在我身边坐下。

"对不起,替我儿子。他太作孽了。"

我真是太惊讶了。

"是的,我也是人变的,叫我翠花。"

"大金毛是你救的吧?"

"他还好吗?"

"很好,生儿育女呢。你儿子没测过你的基因?"

"他这个偏执狂,当然不会放过我。我把血样偷着扔了。"

电脑屏幕显示,文件保存 69%。

"你说他的生物钟特别准,紫外线灯设置的是半个小时,他会不会到时准醒?"

无菌室里的紫外线灯就在这时突然灭了,我赶紧看向李响。果然,李响一秒不差地站了起来。我也站起来,进入战斗状态。李响转过身,看到眼前的景象,愣了。

"快快快快！"花花在我身后，急得直嘟囔。

李响并没有冲过来，而是后退两步，突然转身去拿一张桌子上自己的手机。

"不好，他会通知哑巴锁住大门的，快跑！"翠花大喊起来。

我没跑，我冲了过去，赶在李响之前，将手机叼在嘴里，掉头就跑。我要李响追我，好给花花赢取些时间。

"站住！"

李响追了过来，但是只追了几步，就钻进一间实验室，从里面锁上门，在电脑前坐下。

"快走！他在电脑上一样可以通知哑巴！"

我看着花花，花花终于拔下了 U 盘。我和花花还有翠花飞快地跑向楼梯口，刚到楼梯口，突然背后传来李响的声音。

"站住！"

回头看，李响端着麻醉枪，站在我们身后，瞄准了我。还没等我们转过身来，李响突然扣动扳机。就在这一瞬间，花花扑过来，闪身挡住我，翠花又挡住了花花。麻醉针打中翠花。翠花身子颤了一下，大吼一声，扑向李响。

"畜生！"

李响倒地,头磕在箱子角上,晕过去。

我们三个穿行在巨大的货柜缝隙间,冲向大门,还是晚了一步,门推不开了。
"不怕,跟我来!"翠花喊着,转身就跑。我们跟上。

翠花跑到仓库最里面一扇门前停下,拼尽全身力气,猛地撞向那扇木门,门轰然倒地。
太阳出来了,早晨的第一缕阳光透过一扇破碎的窗户照射进来。这一刻,我竟然有些感动。

李响

醒过来时，我躺在地上，胖子和瘦子正站在身边，他们以为我死了。科学研究没有完成前，我，是不会死的。我端着麻醉枪从楼梯口走上来，瘦子和胖子从后面走过来，拦住我。

"导师，不要啊！那俩狗已经疯了。"

"对啊，太危险了！"

"还不是你俩惹的祸！挡我者死！"

我端着枪走进仓库最里面一间小屋时，屋里只剩下了田园犬。屋里的窗玻璃碎了一地，骨头和花花应该是从窗户逃走了。

田园犬转过身，哀怨地看着我，我哪里顾得上它，转身快步走开。

我听见它倒地的声音。

## 马谷子



哑巴专注地站在仓库门外,等着李响下达开门的指令。

院子里停着几辆车,皮卡的车钥匙没拔,花花跳上车的驾驶座,给我开了副驾驶的门。我跳上车,花花飞快地将车开走。

我们的车行驶在盘山路上。

"下了山你就下车,咱们各走各的路。我不认识你。"

我知道花花是在赌气。她费这么大的劲救了我,怎么舍得把我扔半路上不管?

"好吧,我不会看着你去当流浪狗,但是我也不会带你回家了。因为你是马谷子!"

我是骨头,我不信。

"你会打字,为什么不早告诉我你是谁?!"

拜托，我怎么敢早告诉你，早告诉你了，你肯定不会管我了啊。

"你是不敢早告诉我，早告诉我我管你才怪。"

花花自问自答，想的跟我想的一样，这算是心有灵犀了吗？

花花还想说什么，突然瞥了一眼车后视镜。

"坐好！"

花花说完猛踩油门加速，我尽可能地坐稳，伸爪子去扶车门扶手。

李响开着车追上来，他的车开得特别快，把我们的车撞得震了一下，花花使劲把住方向盘。李响的车再来撞我们的车。花花猛打把，躲闪开。李响的车刮蹭到了里侧的山石上。

我回头去看，李响将车回正，再次加速撞上来。他真是疯了，这可是盘山路啊。路窄不说，下面就是陡峭的悬崖，稍一不小心就可能掉下去。

前面是急拐弯，花花十分冷静，边加油边打把。李响的车加速撞上来，我们的车突然左转，李响的车擦了我们车的后屁股一下，没刹住，冲下山崖。

我们的皮卡被撞得画起龙来，也冲下另一边的山崖。

我被撞得飞出了皮卡,摔在一块石头上,浑身骨头疼,耳朵里清晰地听到树杈的断裂声,"咔嚓","咔嚓"。我顺声音看去,皮卡车车头被一棵歪脖树担住了,车身在微妙地前后摇摆着。

糟糕!下面就是峡谷,水流很急,掉下去根本没有活的可能。

"咔嚓",树杈又断裂了,车头又向下坠了一点儿。我努力地想要站起来,但是身上像是散架了一样,手脚疼痛,不听使唤。从我这个角度,虽然看不见花花的表情,但是我能听见她在抽泣。终于,我还是站了起来。"咔嚓",树杈又断裂了一些,眼看着就要彻底折断了,我爬了过去,踩在一块石头上,拼尽全身力气顶起了皮卡。

车头停止了下滑,渐渐抬起,慢慢保持住了平衡。肩膀好痛,背好痛,但是我拼命咬牙坚持住,我一定要做花花的千斤顶。我听到花花停止抽泣,小心翼翼地推开车门,跳下了车,爬上山路。她安全了。我好欣慰。

"骨头!马谷子!"

花花安全后第一件事就是找我,好幸福。谢谢你花花。

我实在没力气了,和皮卡一起掉下了山崖。坠入水中

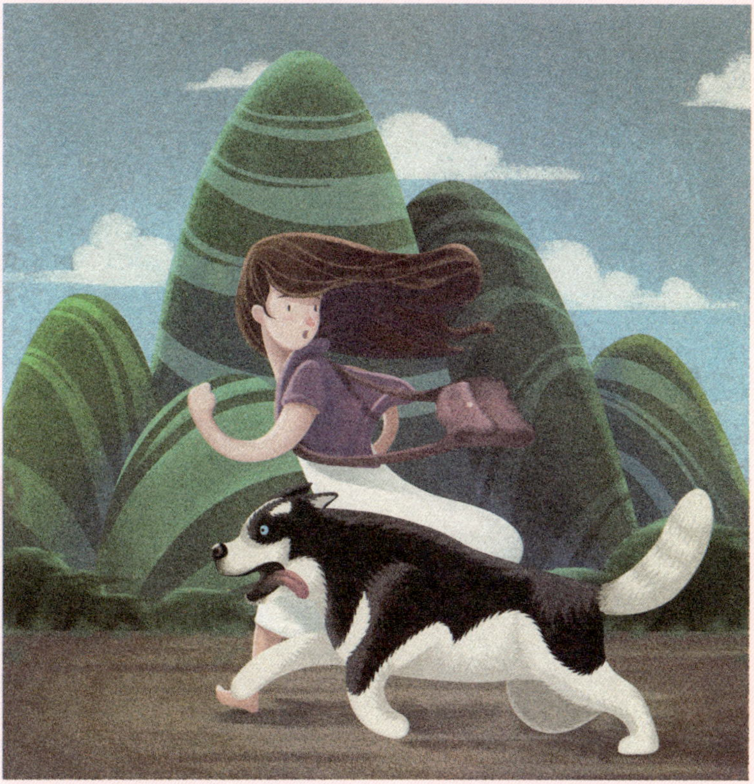

的一刻，我又听到了花花的呼喊声，撕心裂肺的。

不知过了多久，我醒过来了，睁眼看到爪变回了手，我一个激灵坐起来。看看自己的身体，又摸摸自己的脸，真的回来了，甚至还穿着白色的内裤。

那个怪模怪样的家伙正坐在一边，朝我笑。

"我是活着还是死了？"

"嗯……准确地说叫重生吧。"

我抬头向上看去，盘山路好高，只能隐约看见警灯闪烁，远去。警车开始撤离现场了。

"放心，她是安全的。"

我松了口气，不知道接下来该怎么办。

"没有人能看得见你，直到你穿上自己的衣服。我的任务完成了。不会再见了。"

"你去哪儿？"

"尘归尘，土归土。"那家伙说没就没，都来不及道声别。

我穿着条小内裤，走出山谷，上了一辆郊区开往城市的公交大巴车，果然是个隐形人，没人看得见我。

我走进公司,时间还早,但是大家都来了,安静地趴在座位上,埋头画着什么。人好像从来没有到得这么齐过。我有些好奇,凑到大家跟前,看看大家都在画什么。结果我在每一个人的画板上都发现了我,虽然风格姿势表情各不相同,但画的都是我这点确定无疑。

我正疑惑,就听见卷毛跟人争执起来,声音很大。我扭头去看。

"谁让你把页面做成黑白的了?!马总没有死!他不可能死!他只是暂时失踪!我们这么做是想引起全社会的关注!帮我们找到他!而已!"

"对不起,对不起,我不是那个意思,我马上改。"做网页设计的小孩眼圈都红了,道着歉跑回自己的座位。

这些小兔崽子,竟然这么爱我。妈的,心里暖洋洋的。这样的公司这样的团队谁卖谁是二哈!

如果我现在穿上衣服走出来,一定会把大家吓疯了。我决定先发邮件。我跟卷毛说我刚度了个假,正在回来的路上,让他放心,我很好。邮件刚发完,卷毛就看见了,我听见了他在外面喜极而泣的声音。真是个傻小子。

你一定遇到过这种情况,就是真相听起来反而像假的,如果你还没遇到过,恭喜你,说明你还年轻。与真相相比,我们更愿意相信逻辑通顺的故事,这就是生活的荒诞之处。被生活调戏的次数多了,就会懂了。

对了,提醒你看看你家的汪和喵或别的什么吧,没准也是人变的。爱信不信。

## 花花

我把知道的一切都告诉了周姓警察,U盘也交给了他。他很镇定地告诉我两个字,保密。为了避免造成不必要的恐慌,我懂。如果不是亲身经历,我不会相信发生的一切,太魔幻太没道理了。我甚至都不太相信我自己做过的那些事,那是我吗,跟电影里的女主角似的?电影里的女主角最后都过上了梦想的生活,而我还得继续发我的传单。

月饼一直没精打采的,完全没有遛弯的兴趣,小家伙说不出来,心里啥都明白。我抱着月饼坐在长椅子,这地儿骨头也熟,我们几乎每天都来。如果不是它顶住了皮卡,我已经不在了。它用它的命换了我的命。但我总觉得它还活着。约好去郊区看房的事儿被我推掉了,我不能搬家,我搬走了,万一哪天它回来,就找不到家了。

骨头和马谷子,我也说不清我到底在等谁?

月饼突然从我怀里欢快地挣脱出来,跳下去,叫唤着,撒腿就跑。我抬头去看,马谷子站在不远处,抱起月饼,一通亲。

"好宝贝,想我了吧!来,亲一个,亲一个,再亲一个!"

我乱掉了。骨头没死,可是怎么变回人来的呢?或者马谷子就是马谷子,根本没变成过骨头,或者是我在做梦?

"在想我吗?"

"没有!我在想骨头。"

"我就是骨头。"

马谷子把来龙去脉都跟我讲了。原来骨头并不是一只具体的狗狗,知道没有狗狗为救我死去,我才释然。

"我想领养月饼,我们俩感情特别好,我想跟它在一起。"马谷子说。

"不可以,月饼是我的。它要跟我在一起。"我说。

"看来,只有我们俩人在一起,才能解决这个疑难问题了。"

"你——"

这个坏蛋,两句话就把我给绕进去了。这样的表白,让我怎么拒绝?

"骨头站住！"

听到有人喊骨头的名字，我赶紧扭头去看。小新戴着口罩，被一条哈士奇拽着，从远处跑过来。踉踉跄跄的，很狼狈。哈士奇跑到马谷子跟前，站起身子，跟月饼互相闻啊闻。

小新终于可以喘口气了，拿出喷雾剂喷了几下。

"我怕你太伤心，就去领养了它。也叫骨头。"

"天哪，太谢谢你了！"

我把小新的车弄坏了，还好他给车上了保险。

"别说，跟我长得还真像！"马谷子亲热地搂抱着哈士奇。

"你是？"小新谨慎地打量着马谷子。

"我姓马，叫马谷子，小名骨头。花花的追求者一号。"

## 马谷子

后来，警察在调查我失踪前行踪的时候找到了赵火炬，他也因此注意到了我的动漫网，想要投资并把公司包装上市。我没有接受。我不希望我的动漫网被资本裹挟，我想让它保持现在的活力。生命里还有太多美好的事情值得去关注，我也不想继续在增加财富数字的道路上亡命天涯了。

因为有了那七天相处的基础，我追花花追得得心应手，她越来越没有理由拒绝我进入她的生活。我开了家宠物美容院，交给花花打理，还带她去见了我的爸妈。老爸高兴坏了，老妈则开始焦虑生一个还是生两个。月饼和旺财也难舍难分。

听说瘦子和胖子因为协助花花逃跑，被免于起诉，俩人都开心地干本专业去了。唯一遗憾的是，李响下落不明，他失踪了。

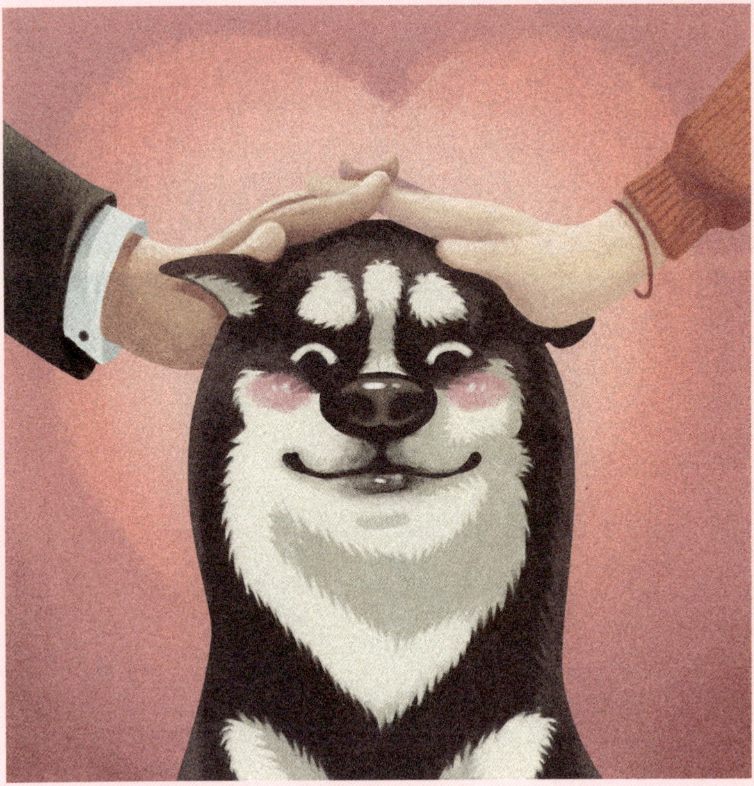

# 馔

创美工厂出品

出 品 人：许　永
策划编辑：胡丽姣
责任编辑：许宗华
特邀编辑：云泽晨
营销编辑：王佩佩
装帧设计：海　云
责任印制：梁建国　潘雪玲
发行总监：田峰峥

投稿信箱：cmsdbj@163.com
发　　行：北京创美汇品图书有限公司
发行热线：010-53017389　010-59799930

创美工厂
微信公众平台

创美工厂
官方微博